霧《きり》島《しま》くんは普通じゃない
スペシャル・カラーピンナップ16P《ページ》♪

CHOPIN

KEEP OUT
KEEP OUT
KEEP OUT
KEEP OUT

霧島くんは普通じゃない

～美羽とセイが入れかわる？ ヴァンパイアの赤いグミ ほか～

麻井深雪・作
那流・絵

集英社みらい文庫

目次《もくじ》

Contents

キミが見《み》ている景色《けしき》を見《み》てみたい。
そんなふうに思《おも》ってた。
そうしたらキミの気持《きも》ちが少《すこ》しはわかるかな。

だけどそんなことが現実《げんじつ》に起《お》こっちゃったら、
恥《は》ずかしさと不安《ふあん》でいっぱいで、
全然《ぜんぜん》それどころじゃない！

——霧島《きりしま》くんに、ずっと笑顔《えがお》でいてほしい。

そのためならわたしは、
どんな試練《しれん》もきっと乗《の》りこえられる、って思《おも》っていたのに——!??

登場人物紹介《とうじょうじんぶつしょうかい》
Characters

ノエル

ヴァンパイアの双子《ふたご》。絵《え》が上手《じょうず》。

アイル

ノエルの双子《ふたご》の兄《きょう》弟《だい》。かわいいけど、実《じつ》はイジワル!?

アモル

謎《なぞ》の黒《くろ》いミンク。ヴァンパイアの使《つか》い魔《ま》。

霧島《きりしま》 星《せい》

中《ちゅう》1。超《ちょう》イケメンの転校生《てんこうせい》。どこか普通《ふつう》じゃない!?

日向美羽《ひなたみう》

中《ちゅう》1の普通《ふつう》の女《おんな》の子《こ》。血《ち》が甘《あま》いらしい!?

Mea
メア
カイトの妹分《いもうとぶん》のヴァンパイア。カイトのことが好《す》き？
Kira
キラ
神出鬼没《しんしゅつきぼつ》なヴァンパイアの王子様《おうじさま》。
Kaito
カイト
残忍《ざんにん》でひきょうなキラの手下《てした》。
Rion
リオン
上級貴族《じょうきゅうきぞく》のヴァンパイア。
Teo
テオ
リオンのいとこ。爪《つめ》が凶器《きょうき》に。
如月《きさらぎ》ユノ
中《ちゅう》1。SNS《エスエヌエス》で話題《わだい》の超美少女《ちょうびしょうじょ》。セイたちのおさななじみ♥
Yuno
Ren
霧島《きりしま》 蓮《れん》
中《ちゅう》2。セイの二番目《ばんめ》のお兄《にい》ちゃん。女《おんな》の子《こ》みたいにきれいだけどこわい!?
Kou
霧島《きりしま》 昂《こう》
中《ちゅう》3。セイの美形《びけい》のお兄《にい》ちゃん。女《おんな》の子《こ》をモノとしか思《おも》ってない？

あらすじ
Story

転校生《てんこうせい》は超《ちょう》イケメンのヴァンパイア!?

わたし、日向美羽《ひなたみう》。中《ちゅう》1だよ。
季節外《きせつはず》れの転校生《てんこうせい》のセイくんは
すごくイケメンだけど、普通《ふつう》じゃない。

まさかヴァンパイア？
おまけに、彼《かれ》には
こわ〜い美形《びけい》のお兄《にい》ちゃんが
ふたりもいて…!?

第《だい》1話《わ》 ヴァンパイアの赤《あか》いグミ

ヴァンパイアの**赤《あか》いグミ**を食《た》べた
わたしと霧島《きりしま》くんの**身体《からだ》**が
入《い》れかわる!? 魔法《まほう》を解《と》く
方法《ほうほう》は、まさかの…!??

第《だい》2話《わ》 レン先輩《せんぱい》と金色《きんいろ》の花《はな》

心《こころ》の声《こえ》が聞《き》こえるのは
不思議《ふしぎ》な花《はな》のせい?
わたしの**心《こころ》**の中《なか》が、
レン先輩《せんぱい》に知《し》られちゃう…!?

第《だい》3話《わ》 アモルとラヴとソフィア ～使《つか》い魔《ま》たちの休日《きゅうじつ》～

アモルたちが**魔界《まかい》**で
大《おお》あばれ!? わたしのために
プレゼントを!??

Miu《ミウ》 &《アンド》 Sei《セイ》

第《だい》1話《わ》　ヴァンパイアの赤《あか》いグミ

魔界《まかい》で流行中《りゅうこうちゅう》の
赤《あか》いグミを
食《た》べさせられた
美羽《みう》とセイ。
身体《からだ》が入《い》れかわって
しまって…!?

1 不思議《ふしぎ》なグミ

これは、十月《がつ》のハロウィンの少《すこ》し前《まえ》のお話《はなし》――。

「美羽《みう》ちゃん、このグミあげるよ！　魔界《まかい》で話題《わだい》になったんだけど、なかなか手《て》に入《はい》らない貴重《きちょう》なものなんだって」

クラスメイトの東雲乃絵留《しののめのえる》くんに、不思議《ふしぎ》なグミをもらったのは、体育祭《たいいくさい》が終《お》わったばかりのある昼休《ひるやす》みだった。

わたしの名前《なまえ》は日向美羽《ひなたみう》。十二歳《さい》の中学《ちゅうがく》一年生《ねんせい》だよ。

肩《かた》までの黒《くろ》い髪《かみ》に黒《くろ》い目《め》、そして平均的《へいきんてき》な身長《しんちょう》と平凡《へいぼん》な見《み》た目《め》。

聖《せい》セレナイト学園《がくえん》の中等部《ちゅうとうぶ》に通《かよ》ってる、ごく普通《ふつう》の女《おんな》の子《こ》。

昼休《ひるやす》みに教室《きょうしつ》にいたら、ノエルくんがわたしの席《せき》まで、透《す》きとおった赤《あか》いグミを持《も》ってきてくれたんだ。

「えっ、ありがとう。グミ好《す》きだからうれしいな」

わたしがお礼《れい》を言《い》うと、ノエルくんもニコッと笑《わら》った。

その笑顔《えがお》はまるで女《おんな》の子《こ》みたいにかわいい！

ノエルくんは小柄《こがら》で目《め》がパッチリしている、美少女《びしょうじょ》にも見《み》えちゃうような愛《あい》らしい男《おとこ》の子《こ》だよ。

髪《かみ》も瞳《ひとみ》もグレーがかっていて、異国《いこく》の血《ち》が入《はい》っているような神秘的《しんぴてき》な顔《かお》だちをしているの。

——実際《じっさい》は異国《いこく》の血《ち》どころか、人間《にんげん》の血《ち》すら流《なが》れてないんだけれど！

実《じつ》はノエルくんは、魔界《まかい》からやってきたヴァンパイアなんだ！

ノエルくんにそっくりな双子《ふたご》、東雲愛留《しののめあいる》くんといっしょにこのクラスに転校《てんこう》してきたんだよ。

アイルくんはどこかにいってるのか、教室《きょうしつ》にはいないみたいだった。

「魔界《まかい》でグミなんて流行《はや》ってるのか？」

となりの席《せき》に座《すわ》っていた霧島星《きりしませい》くんが、めずらしそうに身《み》を乗《の》りだしてきた。

魔界《まかい》もヴァンパイアの存在《そんざい》も、人間《にんげん》からしたら信《しん》じられない話《はなし》だろうけれど、霧島《きりしま》くんは普通《ふつう》に会話《かいわ》に入《はい》ってきてる。

――なぜなら霧島《きりしま》くんも、ヴァンパイアと人間《にんげん》のハーフだから！

霧島《きりしま》くんは年子《としご》の三兄弟《きょうだい》で、お父《とう》さんと四人家族《よにんかぞく》なんだよ。

六月《がつ》の梅雨《つゆ》の時期《じき》に、転校《てんこう》してきたんだ。

ふわっとした黒髪《くろかみ》の男《おとこ》の子《こ》で、長《なが》い前髪《まえがみ》の下《した》にあるキリッとした瞳《ひとみ》は、まるで黒曜石《こくようせき》のようにかがやいている。

通《とお》った鼻《はな》すじにキュッと結《むす》ばれた形《かたち》のよいうすいくちびる。

霧島《きりしま》くんは芸能人《げいのうじん》のようにととのった容姿《ようし》をしているんだ。

「これはペアで食《た》べるグミなんだよ。ボクはアイルと食《た》べたんだ」

ノエルくんがくれたそのグミは、まるでサクランボみたいに、二《ふた》つの丸《まる》い形《かたち》がつながっている形状《けいじょう》をしていた。

ノエルくんはこのグミを、アイルくんといっしょに食《た》べたらしい。

Noel《ノエル》 &《アンド》 Isle《アイル》

「あ、ほんとだ。二《ふた》つに割《わ》れた。じゃあ霧島《きりしま》くんも食《た》べる？」

わたしは二《ふた》つにわかれたグミの片方《かたほう》を霧島《きりしま》くんにあげた。

口《くち》に入《い》れたグミはスッと溶《と》けるような、不思議《ふしぎ》な食感《しょっかん》だった。

「弾力《だんりょく》があるグミなのに、あっという間《ま》に口《くち》の中《なか》でなくなっちゃった！　不思議《ふしぎ》！　でも甘《あま》くておいしい！」

「うん。うまいな」

わたしと霧島《きりしま》くんが味《あじ》の感想《かんそう》を伝《つた》えると、ノエルくんはふふっと意味《いみ》ありげに笑《わら》った。

「明日《あした》の朝《あさ》が楽《たの》しみだね」


ヴァンパイアである彼《かれ》らと、深《ふか》く関《かか》わるようになったのには、わたしの体質《たいしつ》が大《おお》きく関《かん》係《けい》してるの。

わたしはヴァンパイアが近《ちか》づくと、花《はな》の香《かお》りがするからわかるんだ。

そしてわたしにはなぜか、ヴァンパイアならだれでも使《つか》える魅了《テンプ》っていう催眠術《さいみんじゅつ》みたいな能力《のうりょく》が効《き》かない。

この体質《たいしつ》が原因《げんいん》で、アイルくんに【特別《とくべつ》な血《ち》】の持《も》ち主《ぬし》なんじゃないかって、疑《うたが》われだしたんだ！

今《いま》ではわたしは、たくさんのヴァンパイアにねらわれる存在《そんざい》になってしまったの！

ヴァンパイアにとって【特別《とくべつ》な血《ち》】っていうのは、王《おう》になる儀式《ぎしき》に必要《ひつよう》なものなんだって。

ヴァンパイアの王子様《おうじさま》だからって、そのまま王様《おうさま》になれるわけじゃないらしい。

だからヴァンパイアの王族《おうぞく》たちは、【特別《とくべつ》な血《ち》】を持《も》つ人間《にんげん》のことを、王冠《ティアラ》って呼《よ》んで、みんなでうばいあっているんだ！

自分《じぶん》がその【特別《とくべつ》な血《ち》】の持《も》ち主《ぬし》だと思《おも》われてるだなんて、考《かん》えただけでこわい。

だけどそんなわたしを心配《しんぱい》した霧島《きりしま》くんのお父《とう》さんが霧島家《きりしまけ》に住《す》まわせて、みんなでわたしを守《まも》ってくれているの。

霧島《きりしま》くんは三人兄弟《にんきょうだい》で、お兄《にい》さんたちもかっこよくて、学園《がくえん》ではかなり目立《めだ》つ存在《そんざい》だから、学校《がっこう》のみんなには同居《どうきょ》のことはひみつにしているんだ。

ヴァンパイアのみんなと暮《く》らす生活《せいかつ》は新鮮《しんせん》な驚《おどろ》きの連続《れんぞく》で、わたしは毎日《まいにち》とってもドキドキしている。

だけど楽《たの》しさもいっぱいで、わたしはこんな日々《ひび》がずっと続《つづ》いてほしいって、思《おも》ってるんだ。


霧島家《きりしまけ》の夕食後《ゆうしょくご》のリビングに、ピアノの音色《ねいろ》が優雅《ゆうが》に流《なが》れている。

リビングには透明《とうめい》のグランドピアノが置《お》いてあって、すごくきれいなの。

弾《ひ》いているのは次男《じなん》の霧島蓮先輩《きりしまれんせんぱい》だよ。

中等部《ちゅうとうぶ》二年生《ねんせい》で、霧島《きりしま》くんの年子《としご》のお兄《にい》さん。

ピアノが上手《じょうず》で、ジュニアコンクールの最優秀賞《さいゆうしゅうしょう》を獲《と》ったほどなの。

陶器《とうき》のような白《しろ》い肌《はだ》に、女性《じょせい》かと見《み》まごうほどにきれいな顔《かお》だちで、美人《びじん》って言葉《ことば》がピッタリな人《ひと》だよ。

性格《せいかく》はクールで無口《むくち》だけれど、最近《さいきん》では、ふとしたときにやさしさを見《み》せてくれるようになったんだ。

いっしょに暮《く》らすようになってから、レン先輩《せんぱい》はだいぶ打《う》ちとけてくれたと思《おも》う。最初《さいしょ》はなにを考《かんが》えてるのかわからない、こわいヴァンパイアだと思《おも》っていたのだけれど。

レン先輩《せんぱい》が弾《ひ》くショパンは、聴《き》いている人《ひと》を透明《とうめい》な湖《みずうみ》へといざなってくれるような、こちよくてリラックスした気持《きも》ちにしてくれる演奏《えんそう》なんだ！

「レン。片《かた》づけ終《お》わったー？」

食後《しょくご》に庭《にわ》でサッカーの練習《れんしゅう》をしていた霧島昂《きりしまこう》先輩《せんぱい》が、そう言《い》いながらリビングに戻《もど》ってきた。

コウ先輩《せんぱい》は霧島家《きりしまけ》の長男《ちょうなん》で、中等部《ちゅうとうぶ》の三年生《ねんせい》だよ。

タレ目《め》がちで、目元《めもと》に泣《な》きボクロがある甘《あま》い顔《かお》だち。

長身《ちょうしん》で手足《てあし》が長《なが》いコウ先輩《せんぱい》は、モデルみたいな華《はな》やかな雰囲気《ふんいき》をまとってる。

いつも口角《こうかく》があがっていて愛想《あいそ》もいいから、聖《せい》セレナイト学園《がくえん》では絶大《ぜつだい》な人気《にんき》があるんだよ。

女子《じょし》だけじゃなくて、男子《だんし》にも慕《した》われてるコウ先輩《せんぱい》みたいな人《ひと》のこと、人《ひと》たらしって言《い》うんだと思《おも》う。

サッカーが好《す》きなコウ先輩《せんぱい》は、サッカー部《ぶ》の助《すけ》っ人《と》として、ときどき試合《しあい》にも出場《しゅつじょう》しているんだ。家《いえ》の庭《にわ》でもよくドリブルやリフティングをしている。

華麗《かれい》なあしさばきで敵《てき》をぬいてドリブルをするコウ先輩《せんぱい》は、ものすごくかっこいいんだよ！

転校《てんこう》してきたばかりのころは、美人《びじん》の女子生徒《じょしせいと》の血《ち》をこっそり飲《の》んでいたっていう、こわいヴァンパイアとしての一面《いちめん》も持《も》っているんだけど。

にこにこほほえんでいるコウ先輩《せんぱい》を、レン先輩《せんぱい》は手《て》を止《と》めずにジロリとにらんだ。

「僕《ぼく》にものを動《うご》かす能力《のうりょく》があるからといって、それが毎日《まいにち》の片《かた》づけ当番《とうばん》をする理由《りゆう》になるのか？　楽《らく》に動《うご》かしてるわけじゃないぞ」

キッチンではレン先輩《せんぱい》の演奏《えんそう》に合《あ》わせて、食器《しょっき》たちがカチャカチャと泡《あわ》だって洗《あら》われている。

レン先輩《せんぱい》は、ピアノを弾《ひ》くことで、ヴァンパイアとしての特殊能力《とくしゅのうりょく》を発揮《はっき》できるの！

ヴァンパイアにはみんなそれぞれちがった能力《のうりょく》があるんだ。

その能力《のうりょく》を発揮《はっき》しているとき、ヴァンパイアは瞳《ひとみ》の色《いろ》が変《か》わるんだけど、その色《いろ》もみんなちがうんだよ。

Kou《コウ》

レン先輩《せんぱい》の瞳《ひとみ》は深《ふか》い海《うみ》の色《いろ》になって、人間《にんげん》はピアノの音色《ねいろ》に魅了《テンプ》されちゃうの！　人間《にんげん》をあやつるだけじゃなく、こうしてものを浮《う》かせたり、動《うご》かしたりもできちゃうんだよ。

レン先輩《せんぱい》はなんと、ピアノの練習《れんしゅう》をしながら、夕食《ゆうしょく》で使《つか》った食器《しょっき》の片《かた》づけをしてるんだ！

いくらヴァンパイアだからって、こんな器用《きよう》なことは、レン先輩《せんぱい》じゃなきゃできないと思《おも》う！

「えー、いいじゃん。能力《のうりょく》の有効活用《ゆうこうかつよう》だよ。便利《べんり》なものは使《つか》わないと損《そん》だろ？」

コウ先輩《せんぱい》のこの理論《りろん》によって、片《かた》づけはレン先輩《せんぱい》のお仕事《しごと》みたいになっている。

わたしは霧島家《きりしまけ》でお世話《せわ》になってる立場《たちば》だから、片《かた》づけもやりますって言《い》ったんだけれど、結局《けっきょく》レン先輩《せんぱい》がやってくれちゃってる。

霧島《きりしま》くんのお父《とう》さんは作家《さっか》のお仕事《しごと》でいそがしいから、家事《かじ》はみんなで分担《ぶんたん》してるんだ。

「あのね、今日《きょう》ノエルくんから不思議《ふしぎ》なグミをもらって食《た》べたんだよ。魔界《まかい》で流行《はや》ってるんだって。口《くち》の中《なか》でスッと溶《と》けるみたいになくなる食感《しょっかん》がおもしろかったよ」

リビングで宿題《しゅくだい》をしていたわたしは、今日《きょう》のできごとを如月《きさらぎ》ユノちゃんに話《はな》していた。

「聞《き》いたことあるかも！　ユノも食《た》べてみたかったー。アイミィでも最近《さいきん》、グミの動画流《どうがは》行《や》ってるんだよ」

流行《はや》りもの好《ず》きのユノちゃんは、魔界《まかい》のグミのことも知《し》っていたみたい。

霧島《きりしま》くんたちのおさななじみである如月《きさらぎ》ユノちゃんが転校《てんこう》してきたのは、霧島《きりしま》くんたちが転校《てんこう》してきてすぐだった。

ユノちゃんもヴァンパイアだけれど、明《あか》るくて素直《すなお》な性格《せいかく》だからすぐに仲良《なかよ》くなれたんだ。今《いま》では親友《しんゆう》って呼《よ》べるくらい、仲良《なかよ》しなんだよ！

ユノちゃんもわたしのことを他《ほか》のヴァンパイアから守《まも》ろうとして、ここにいっしょに住《す》んでくれているんだ。

ふわふわの腰《こし》まである髪《かみ》とハッキリした顔《かお》だち、スタイルもいいユノちゃんの外見《がいけん》は、まるで外国《がいこく》のドールのようにととのってるの。

ユノちゃんはアイミィっていう短《みじか》い動画《どうが》や写真《しゃしん》を投稿《とうこう》できるSNS《エスエヌエス》で、絶大《ぜつだい》な人気《にんき》を誇《ほこ》るインフルエンサーなんだよ！

ユノちゃんが紹介《しょうかい》したコスメやお菓子《かし》が中高生《ちゅうこうせい》の間《あいだ》で流行《はや》りになっちゃうくらい、注目《ちゅうもく》されてる有名中学生《ゆうめいちゅうがくせい》なんだ。

アイミィの公式《こうしき》CM《シーエム》にも出演《しゅつえん》してるよ。

今日《きょう》もユノちゃんは撮影《さつえい》で学校《がっこう》を休《やす》んだんだ。

ユノちゃんのとなりに座《すわ》ってる霧島《きりしま》くんは、苦《にが》い表情《ひょうじょう》をした。

「流行《はや》ってるって言《い》ったって、魔界《まかい》のグミなんか人間界《にんげんかい》の動画《どうが》に載《の》せられないだろ？」

「あ、そっかー。どこのグミか質問《しつもん》きても答《こた》えられないか」

そう言《い》ってユノちゃんは、ペロッと舌《した》を出《だ》した。

宿題《しゅくだい》をしているわたしたちの後《うし》ろから、コウ先輩《せんぱい》が話《はなし》に入《はい》ってきた。

「おれも今度《こんど》、美羽《みう》に魔界《まかい》のおいしいものを紹介《しょうかい》したいな」

「ええ!?　それ楽《たの》しそうですね」

わたしは自分《じぶん》がおいしいって思《おも》ったものを、ヴァンパイアのみんながおいしいって言《い》ってくれると、すごくうれしいんだ。

知《し》らないものをたくさん知《し》って、人間《にんげん》の世界《せかい》も悪《わる》くないなってみんなに思《おも》ってほしいか

Yuno《ユノ》

ら。逆《ぎゃく》にわたしも、ヴァンパイアの世界《せかい》をもっと知《し》りたいって思《おも》ってる。

だからコウ先輩《せんぱい》の提案《ていあん》はうれしかった。

そんなわたしにコウ先輩《せんぱい》はウインクをして、イタズラっぽく言《い》った。

「うん。魔獣《まじゅう》のシチューとかね」

「……ま、魔獣《まじゅう》？」

頭《あたま》の中《なか》でおどろおどろしい色《いろ》をしたシチューを想像《そうぞう》してしまい、わたしはだまりこんでしまった。

コウ先輩《せんぱい》がクスクス笑《わら》って、わたしの頭《あたま》をポンポンとなでる。

「冗談《じょうだん》だよ、子猫《こねこ》ちゃん。こわかった？」

「もうっ、からかわないでください！　わたしには冗談《じょうだん》かホントかわかんないんですから！」

わたしがむくれても、コウ先輩《せんぱい》はまだ笑《わら》っている。

そんな、いつもと変《か》わらない、なにげない夜《よる》をわたしたちは過《す》ごしたんだけど……。

2 入《い》れかわった!?

目《め》が覚《さ》めたときにまず、あれ？　って思《おも》ったの。
いつも見《み》てる天井《てんじょう》とちがうなあって。
おかしいと思《おも》いつつ、ベッドに手《て》をついて起《お》きあがったんだけど。
ベッドについた手《て》がまるで男《おとこ》の子《こ》みたいに大《おお》きいって、そこで気《き》づいたの。
——これ、わたしの手《て》じゃないって！
「わあああっ！」
叫《さけ》んだ声《こえ》は低《ひく》くて、聞《き》きおぼえがあるものだった。
(これ、霧島《きりしま》くんの声《こえ》——!?)
そして部屋《へや》を見回《みまわ》すと、やっぱりわたしの部屋《へや》じゃない！
男《おとこ》の子《こ》の部屋《へや》だ！

パニックにおちいっていると、ドタドタと廊下《ろうか》を走《はし》る音《おと》がして、部屋《へや》のドアがバンと開《あ》いた。

そして、ものすごくあせった顔《かお》をしたわたし――、日向美羽《ひなたみう》がパジャマすがたで飛《と》びこんできたんだ！

「え？　えっ⁉　わたし⁉」

「日向《ひなた》――？　やっぱりおれが日向《ひなた》になってるのか⁉」

「えっ、な、なに言《い》ってるの⁉」

目《め》の前《まえ》でわたしがしゃべってる！

わたしは唖然《あぜん》として動《うご》けなかった。

（いったい、なにが起《お》こっているの⁉）

じれたように目《め》の前《まえ》のわたしが、わたしの手《て》をぐいっと引《ひ》いて、ベッドから立《た》ちあがらせる。

「ちょっときて！」

そのまま強《つよ》い力《ちから》で連《つ》れていかれたのは洗面台《せんめんだい》の前《まえ》で――、そこにはとまどった顔《かお》の霧島《きりしま》くんと、わたしの二人《ふたり》が映《うつ》っていた。

「えええええ!?」

叫《さけ》んだのはわたしなのに、聞《き》こえてくるのは霧島《きりしま》くんの声《こえ》だし、ぼうぜんとしながら鏡《かがみ》に手《て》をのばしたのも、わたしじゃなくて霧島《きりしま》くんだった。

あわててぺたぺたとパジャマの上《うえ》からからだをさわってみる。

「ゴツゴツしてる……！　わたしじゃない！　おなかもぺったんこだ！」

鏡《かがみ》の中《なか》の霧島《きりしま》くんも、わたしがしてるのと同《おな》じ動作《どうさ》をしてる。

背中《せなか》を冷《ひ》や汗《あせ》がつたった。

(これってもしかして……)

わたしがそう思《おも》いあたったとき、となりから声《こえ》が聞《き》こえた。

「え？　ほんとだ。ぷよぷよしてる」

鏡《かがみ》の中《なか》のわたしが、自分《じぶん》のおなかをさわってる！

「つ、ちょおおお！　やめてっ！」

わたしは目《め》の前《まえ》のわたしの手《て》を両手《りょうて》でつかんで止《と》めた。

鏡《かがみ》の中《なか》のわたしが、わたしじゃないんなら、もう答《こた》えはひとつしかない！

「……中身《なかみ》が入《い》れかわってる」

となりに立《た》つわたしの顔《かお》をしただれかがそう言《い》った。

(わたしの顔《かお》をしたこの人《ひと》の中身《なかみ》が、霧島《きりしま》くんだっていうことー!?)

「な、なんで!?」

ヴァンパイアのみんなと出会《であ》ってから、たくさんの不思議《ふしぎ》なできごとを体験《たいけん》した。

(だけどこんな風《ふう》に、自分《じぶん》が他《ほか》のだれかと入《い》れかわっちゃうなんて!)

「おれたちなにも変《か》わったことしてないよな……?」

わたしのすがたをした霧島《きりしま》くんが、あごに手《て》を当《あ》てて考《かんが》えこんでいる。

「もしかして他《ほか》のヴァンパイアの能力《のうりょく》のせい……、とか?」

わたしも考《かんが》えて、思《おも》いついたことを口《くち》にしてみた。

そんな特殊《とくしゅ》な能力《のうりょく》を持《も》ったヴァンパイアが、もし存在《そんざい》したとしたら――?

「いや、でもわたし、ヴァンパイアが近《ちか》くにいたら、においでわかるもん。知《し》らないヴァンパイアなんて出会《であ》ってないはずだよ!」

「こんな突拍子《とっぴょうし》もないことが起《お》きるなんて、能力《のうりょく》っていうよりおかしなアイテムの作用《さよう》っぽいような……、そうか、たぶんノエルのグミのせいだ！　あいつわざとおれと日向《ひなた》に食《た》べさせたな」

わたし（霧島《きりしま》くん）がギリッと奥歯《おくば》をかんで、くやしそうな表情《ひょうじょう》をする。

ふだんそんな表情《ひょうじょう》をした自分《じぶん》を見《み》たことがないから驚《おどろ》いた。

そして少《すこ》し遅《おく》れて、わたしは霧島《きりしま》くんの言《い》っている意味《いみ》を理解《りかい》した。

「――え？　これ、あのグミのせいなの⁉」

（つまりノエルくんのイタズラってこと⁉）

アイルくんとノエルくんは、タチの悪《わる》いイタズラが好《す》きで、これまでもイタズラをしかけてきたことは何度《なんど》かあった。

レン先輩《せんぱい》のピアノコンクールを台《だい》なしにしようとしたり、ユノちゃんをけしかけて霧島《きりしま》くんにほれ薬《ぐすり》を飲《の》ませたりしたんだよ！

だけどそれは霧島《きりしま》三兄弟《きょうだい》をライバルとして意識《いしき》してるから、わざと意地悪《いじわる》をしていたんだと思《おも》ってた。わたしがターゲットになったのは初《はじ》めてで、頭《あたま》の中《なか》が混乱《こんらん》しちゃう。

（ノエルくんとは仲良《なかよ》しになれたと思《おも》ってたのにー！　ひどい！）

「こ、こんな……、困《こま》るよ。わたし、どうしたらいいの？」

両手《りょうて》を目《め》の前《まえ》に広《ひろ》げて、おろおろする。

霧島《きりしま》くんの手《て》はわたしのよりも大《おお》きくて、見《み》なれない。

「ノエルのイタズラなら、たぶんかんたんに戻《もど》る方法《ほうほう》があるはずだ」

こんな状況《じょうきょう》なのに霧島《きりしま》くんは冷静《れいせい》で、落《お》ちついた声《こえ》でそう言《い》ってくれた。

……わたしの声《こえ》だけど。

(霧島《きりしま》くんがそう言《い》ってくれるなら、きっと大丈夫《だいじょうぶ》だよね……？)

わたしは深呼吸《しんこきゅう》をして、なんとか心《こころ》を落《お》ちつけようとした。

すると、ガラッとドアが開《あ》いて、コウ先輩《せんぱい》が洗面所《せんめんじょ》にすがたをあらわした。

洗面台《せんめんだい》の鏡《かがみ》の前《まえ》で立《た》ちつくすわたしたちを見《み》て、不思議《ふしぎ》そうな顔《かお》をしている。

「さっき叫《さけ》んだのってセイ？　おまえら朝《あさ》っぱらからなにやってんの？」

「えっ……」

コウ先輩《せんぱい》はセイって言《い》いながら、わたしのほうを見《み》ている。

(そ、そうか。コウ先輩《せんぱい》からしたら、わたしが霧島《きりしま》くんなんだ！　とりあえず状況《じょうきょう》を説明《せつめい》しなきゃ……）

「コ、コウ先輩《せんぱい》。大変《たいへん》なんです！　わたしたちの中身《なかみ》が……ムグ」

入《い》れかわっちゃったんです、そう言《い》おうとしたら突然《とつぜん》くちびるがくっついて、しゃべれなくなっちゃった！

（なにこれー!?　しゃべれない！）

「は？　なに言《い》ってんのセイ」

コウ先輩《せんぱい》はけげんな顔《かお》をわたしに向《む》けると、あきれたような声《こえ》をだした。

弟《おとうと》に対《たい》するぞんざいなしゃべりかたに、わたしはとまどった。

コウ先輩《せんぱい》はふだんわたしにやさしいから、こんな態度《たいど》をとられたことなくて。

ポカンとしているわたしをしり目《め》に、コウ先輩《せんぱい》はわたし（霧島《きりしま》くん）に向《む》きなおった。

「美羽《みう》がまだパジャマなんてめずらしいね。パジャマすがたもかわいいけど」

いつもの調子《ちょうし》で甘《あま》い言葉《ことば》をかけているけれど、その中身《なかみ》は弟《おとうと》だなんて思《おも》ってない。

言《い》われた霧島《きりしま》くんは、ゾッとしたような表情《ひょうじょう》で一歩《いっぽ》後《うし》ろにひいた。

「コウ、それよりおれた……」

霧島《きりしま》くんが説明《せつめい》しようとしたところで、突然《とつぜん》くちびるが閉《と》じて開《あ》かなくなった。

（さっきのわたしと同《おな》じ！　なんで⁉）

もごもごと口《くち》を動《うご》かそうとしたわたし（霧島《きりしま》くん）は、すぐにむずかしい顔《かお》をしてだまった。

そしてなにか言《い》おうと、わたしの耳《みみ》にくちびるを寄《よ》せてきた。

けれどわたし（霧島《きりしま》くん）の身長《しんちょう》が低《ひく》くて届《とど》かないから、霧島《きりしま》くんのすがたをしたわたしは少《すこ》しかがんで近《ちか》づく。

（わたしって霧島《きりしま》くんから見《み》ると、こんなにちっちゃいんだ……）

「入《い》れかわりに関《かん》することは他人《たにん》に説明《せつめい》できないみたいだな。学校《がっこう》でノエルを捕《つか》まえて戻《もど》す方法《ほうほう》を聞《き》こう。それまではややこしいからおたがいのフリしよう」

「えっ……！」

わたしの顔《かお》をした霧島《きりしま》くんは、真剣《しんけん》な顔《かお》をしている。

（わたしが霧島《きりしま》くんのフリをして過《す》ごすってことー⁉　そんなことできるの⁉）

「なんなの、おまえらさっきからコソコソして。セイは美羽《みう》に近《ちか》づくなよ」

「いたっ」

コウ先輩《せんぱい》がなにを思《おも》ったのか、突然《とつぜん》わたしをこづいてきた！

（あ、あつかいがひどいんだけど……！）

「おい、やめろ」

わたし（霧島《きりしま》くん）が、コウ先輩《せんぱい》のうでをつかみあげる。

コウ先輩《せんぱい》はそれを見《み》て、ポカンとした表情《ひょうじょう》をした。

「美羽《みう》、さっきからどうしちゃったの？　熱《ねつ》でもある？」

そう言《い》って、わたし（霧島《きりしま》くん）の額《ひたい》に手《て》を当《あ》てると、ぐっと顔《かお》を近《ちか》づける。

「わあっ！　ち、ちけーって……！　離《はな》れろ！」

「き……、じゃなかった。ひ、日向《ひなた》、はやく着《き》がえて学校《がっこう》にいこう」

このままだとわたしの顔《かお》をした霧島《きりしま》くんとコウ先輩《せんぱい》がもめそうなので、わたしはあわててわたし（霧島《きりしま》くん）を洗面所《せんめんじょ》から押《お》しだした。

（はやくもとに戻《もど》る方法《ほうほう》を聞《き》かないと！）

「コウってあんなに日向《ひなた》にかまうんだな。キモいな」

わたしの顔《かお》をした霧島《きりしま》くんがボソッと言《い》うから、わたしは苦笑《くしょう》してしまった。

「兄弟《きょうだい》だからそんな風《ふう》に思《おも》うんだよ。わたしもコウ先輩《せんぱい》にこづかれてびっくりしたもん」

「じゃあとりあえず、学校《がっこう》の準備《じゅんび》してリビングに集合《しゅうごう》な。他《ほか》のやつらとはあんまり話《はな》さないようにして先《さき》に出《で》ようぜ」

「うん。急《いそ》いで支度《したく》しよう」

二人《ふたり》でそう話《はな》しあって、自分《じぶん》の部屋《へや》へ向《む》かおうとしたら、わたし（霧島《きりしま》くん）に止《と》められちゃった。

「日向《ひなた》はあっちだろ。おれの部屋《へや》戻《もど》って」

「あ、そうだった」

いつもの習慣《しゅうかん》で自分《じぶん》の部屋《へや》に戻《もど》ろうとしたら、わたし（霧島《きりしま》くん）に逆方向《ぎゃくほうこう》を指《さ》される。

そっちが霧島《きりしま》くんの部屋《へや》だ。

（霧島《きりしま》くんの部屋《へや》に戻《もど》るなんて、なれないよ……）

だけどもとに戻《もど》らないことにはどうしようもない。

わたしは言《い》われるまま、霧島《きりしま》くんの部屋《へや》に入《はい》って、学校《がっこう》の準備《じゅんび》をすることにした。

「えっと、まずは制服《せいふく》に着《き》がえて……」

クローゼットを開《あ》けて制服《せいふく》をとりだす。

パジャマのボタンをはずすと、素肌《すはだ》が見《み》えてドキッとした。

――自分《じぶん》の素肌《すはだ》を見《み》て驚《おどろ》くなんて変《へん》だけど！

(だって霧島《きりしま》くんのからだなんだもん！)

そう理解《りかい》すると、かーっと顔《かお》が熱《あつ》くなった。

ものすごく悪《わる》いことをしてる気持《きも》ちになって、あわててボタンをとめなおした。

(――無理《むり》！　無理《むり》だよ。見《み》ちゃダメ！　よし、目《め》をつぶって着《き》がえよう！)

ドキドキする心《こころ》を落《お》ちつけて、解決策《かいけつさく》を見《み》つけだしたとき、ふと気《き》づいたんだ。

(――あれ？　これって、霧島《きりしま》くんも同《おな》じ状況《じょうきょう》なんじゃないの？)

わたし(霧島《きりしま》くん)が着《き》がえてるってことは、必然的《ひつぜんてき》にわたしのからだが霧島《きりしま》くんに見《み》えちゃうってことで――。

「わあああっ！　ダメー!!」

霧島《きりしま》くん(わたし)の絶叫《ぜっきょう》が廊下《ろうか》に響《ひび》きわたった。

3 霧島《きりしま》くんのフリって大変《たいへん》！

「美羽《みう》が見《み》たいと言《い》っていた花《はな》が色《いろ》づいたんだ。放課後《ほうかご》に学園《がくえん》の植物園《しょくぶつえん》へいかないか？」

「えっ、いきたいです……！」

「セイのことはさそってない」

「あっ……」

これは霧島《きりしま》くん（わたし）とレン先輩《せんぱい》の会話《かいわ》。

結局《けっきょく》、着《き》がえるのに手間《てま》どって、いつもといっしょの時間《じかん》に、みんなで登校《とうこう》することになっちゃったんだよね。

レン先輩《せんぱい》に話《はな》しかけられたと思《おも》って返事《へんじ》をしたら、ものすごく冷《つめ》たい答《こた》えが返《かえ》ってきた！

それというのも……。

「美羽《みう》の部屋《へや》からパジャマで出《で》てくるような不埒《ふらち》な弟《おとうと》に、見《み》せる花《はな》はない」

「……は、はあ。すみません」

絶対零度《ぜったいれいど》のレン先輩《せんぱい》の視線《しせん》が、痛《いた》いほどささっていたたまれない。

（わたしは弟《おとうと》じゃないし、部屋《へや》からパジャマで出《で》てきたのも理由《りゆう》があるのに〜！）

入《い》れかわりに関《かん》することを口《くち》にしようとするとくちびるがくっついちゃう！

事情《じじょう》を話《はな》せないことが、こんなにもどかしいなんて！

（わたしのせいで霧島《きりしま》くんの評判《ひょうばん》がどんどん落《お》ちちゃってるよ。どうしよう……）

わたしはただわたし（霧島《きりしま》くん）が着《き》がえるのを、止《と》めようとしただけなのに！

「まさかセイがユノと美羽《みう》ちゃんの着《き》がえをのぞきにくるなんて、びっくりしちゃったあ。でもセイなら許《ゆる》してあげる！」

ユノちゃんに明《あか》るく言《い》われて、わたしはゴホッとせきこんでしまった。

（だから、のぞきにいったわけじゃないのに！）

「いや、それは誤解《ごかい》……」

言《い》い訳《わけ》をしようとしたけれど、うまい言葉《ことば》が見《み》つからなかった。

霧島《きりしま》くんのすがたでドアを開《あ》けたとき、目《め》をつぶったわたし（霧島《きりしま》くん）をユノちゃんが着《き》がえさせていたところだったから。

（霧島《きりしま》くんのすがたをしているけれど、意識《いしき》はわたしなのに！）

わたし（霧島《きりしま》くん）はうまいことユノちゃんを言《い》いくるめて、着《き》がえさせてもらっていたらしい。

ユノちゃんはおさななじみの霧島《きりしま》くんのことが大好《だいす》きで、追《お》いかけて転校《てんこう》してきちゃったんだ。

だから着《き》がえを見《み》られたとしても、許《ゆる》してくれるらしい。すごい。

わたしは霧島《きりしま》くんじゃないから、だましてるみたいで申《もう》し訳《わけ》なくなっちゃうけれど。

わたしのすがたをした霧島《きりしま》くんは、死《し》んだようにつかれた目《め》をしてだまっていた。

（霧島《きりしま》くん、ごめんなさい〜……。はやく戻《もど》し方《かた》を聞《き》いて、もとに戻《もど》らなきゃ！）

「ねえ、セイ。今日《きょう》の帰《かえ》りにパフェ食《た》べにいこう？　アイミィにあげる用《よう》の写真《しゃしん》を撮《と》りたいんだー」

「えっ？　ええっと……」

ユノちゃんに突然《とつぜん》さそわれて、わたしは動揺《どうよう》した。

(どうしよう、ユノちゃんと二人《ふたり》っきりで話《はな》して、バレない自信《じしん》なんてないよ……。放課《ほうか》後《ご》までにもとに戻《もど》れるかな……)

「も、木曜日《もくようび》は宿題《しゅくだい》がたくさん出《で》るから、ちがう日《ひ》にしよう、ぜ!」

目《め》を泳《およ》がせながら、わたしは必死《ひっし》で霧島《きりしま》くんっぽく返事《へんじ》をした。

「えーっ、つまんない。じゃあセイが宿題《しゅくだい》教《おし》えてね」

「えっ……。う、うん」

わたしは勉強《べんきょう》が苦手《にがて》ってわけじゃないけど、霧島《きりしま》くんみたいに勉強《べんきょう》ができるわけじゃない。

(わたしが教《おし》えてあげられるかなあ)

不安《ふあん》になってわたし(霧島《きりしま》くん)のほうをチラッと見《み》ると、わかったというように目《め》くばせをしてくれた。ユノちゃんに宿題《しゅくだい》を教《おし》えることに協力《きょうりょく》してくれるみたい。

わたしはホッとした。

「ねえ、セイ。どうして今日《きょう》は朝《あさ》からユノたちの部屋《へや》にきたの? 朝《あさ》からユノに会《あ》いにきてくれたの？」

気《き》をとりなおしたユノちゃんは、霧島《きりしま》くん（わたし）のうでに両《りょう》うでを絡《から》ませてきた。

甘《あま》えるように上目《うわめ》づかいで見《み》られて、ドキッとしちゃう。

（うわー、ユノちゃんかわいい！　霧島《きりしま》くんっていつもこんな風《ふう》にユノちゃんに甘《あま》えられて、よく平然《へいぜん》としていられるなあ）

「あれ、セイ赤《あか》くなってる？　まさか本当《ほんとう》にユノのこと好《す》きになってくれたの⁉」

「えっ、ち、ちが……」

「えーっ、ちがうの⁉」

「い、いや、ちが……わない……の？」

胸《むね》がドキドキして、同《おな》じくらいモヤモヤもする。

（わたしが勝手《かって》に霧島《きりしま》くんの気持《きも》ちを答《こた》えることはできないし……、どうしたらいいの？）

わたし（霧島《きりしま》くん）も眉《まゆ》を寄《よ》せてむずかしい顔《かお》をしている。

（なんて答《こた》えたらいいのか、わたし（霧島《きりしま》くん）も困《こま》ってるのかな）

「なんで疑問形《ぎもんけい》なの？　もーセイったら、照《て》れてるの？」

ユノちゃんは不満《ふまん》そうにくちびるをとがらせてる。

はやく学校《がっこう》に着《つ》いてほしい、そう思《おも》う日《ひ》にかぎって、曲《ま》がり角《かど》でばったり風間《かざま》カイトくんと夢野《ゆめの》メアちゃんに出会《であ》ってしまった。

(カイトくんとメアちゃんだ……!)

いつもなら、わたしが二人《ふたり》にあいさつをして、いっしょに登校《とうこう》するのが自然《しぜん》な流《なが》れだった。


けれど今《いま》のわたし(霧島《きりしま》くん)はカイトくんを警戒《けいかい》した瞳《ひとみ》で見《み》つめてる。

カイトくんが不思議《ふしぎ》そうな顔《かお》で言《い》った。

「なんかおまえ、今日《きょう》は大人《おとな》しいな?」

カイトくんはスラっとした細身《ほそみ》の長身《ちょうしん》で、長《なが》い前髪《まえがみ》が片目《かため》をおおっている、一見《いっけん》こわそうな印象《いんしょう》の男《おとこ》の子《こ》。

けれど見《み》えている片方《かたほう》の切《き》れ長《なが》の目《め》や通《とお》った鼻《はな》すじはきれいで、聖《せい》セレナイト学園《がくえん》ではダークイケメンなんて言《い》われて、正統派《せいとうは》イケメンのコウ先輩《せんぱい》と人気《にんき》を二分《にぶん》してるの。

カイトくんとメアちゃんもヴァンパイアなんだ！

カイトくんはヴァンパイアの王子様《おうじさま》であるキラくんの手下《てした》で、わたしのことをねらって人間界《にんげんかい》にやってきたの！

メアちゃんはその妹分《いもうとぶん》の女《おんな》の子《こ》だよ。

「カイト兄《にい》、美羽《みう》ちゃんのことがそんなに心配《しんぱい》？」

ちょっと不機嫌《ふきげん》な声《こえ》でメアちゃんが言《い》った。

メアちゃんは黒髪《くろかみ》のツインテールで、キュッと吊《つ》りあがった目《め》が、どことなく猫《ねこ》っぽい雰囲気《ふんいき》なんだ。

見《み》た目《め》も声《こえ》も、アニメのキャラっぽくてかわいいの！

メアちゃんはカイトくんのことが大好《だいす》きで、カイトくんがわたしを気《き》にかけるのが、とにかくいやみたい。

カイトくんはわたしのことをねらってるんだから、わたしだって気《き》にかけられたくはないんだけど！

あせった表情《ひょうじょう》をしたわたし（霧島《きりしま》くん）が答《こた》えた。

Kira《キラ》 &《アンド》 Kaito《カイト》

「べ、べつに大人《おとな》しくない。おまえらの気《き》のせいだ」

「おまえら？」

口調《くちょう》がちがうことを不審《ふしん》に思《おも》ったのか、カイトくんが聞《き》きかえして、わたしは肝《きも》を冷《ひ》やした。

「やだー、美羽《みう》ちゃん。不良《ふりょう》みたいでこわーい。カイト兄守《にいまも》って！」

メアちゃんはきゃあっと声《こえ》をあげながら、カイトくんのうでに自分《じぶん》の両《りょう》うでを絡《から》ませた。

わたし（霧島《きりしま》くん）はしらけた目《め》をメアちゃんに向《む》けると、あきれたようにつぶやいた。

「おこったときのおまえのほうが、よっぽど口悪《くちわる》いだろ……」

「は⁉　ふざけんなよ」

ギラッとわたし（霧島《きりしま》くん）をにらみつけるメアちゃんの瞳《ひとみ》がエメラルドに光《ひか》った。

ぶわっとメアちゃんからうすい緑《みどり》の霧《きり》のようなオーラが立《た》ちのぼる。

そのままわたし（霧島《きりしま》くん）のからだに霧《きり》が巻《ま》きつくと、ギュッとしめつけた。

わたし（霧島《きりしま》くん）が苦《くる》しそうな表情《ひょうじょう》をする。

「ぐっ、や、やめろ……っ」

「き……ムグッ」

霧島《きりしま》くん！　と叫《さけ》ぼうとしたら、またしゃべれなくなった。

「メア！　やめろ！」

ほぼ同時《どうじ》にカイトくんが叫《さけ》ぶと、メアちゃんはビクッとして、すぐに能力《のうりょく》をかき消《け》した。

「大丈夫《だいじょうぶ》⁉」

駆《か》け寄《よ》ると、わたし（霧島《きりしま》くん）は首元《くびもと》を押《お》さえて困惑《こんわく》した表情《ひょうじょう》でささやいた。

「とっさに避《よ》けようとしたのに、思《おも》うようにからだが動《うご》かなかった……。日向《ひなた》はいつもこんなにこわい思《おも》いをしてたんだな」

「え……、う、うん」

たしかにいつもの霧島《きりしま》くんだったら、余裕《よゆう》で避《よ》けることができたんだろう。

反対《はんたい》にわたしは、霧島《きりしま》くんのからだなんだから、助《たす》けることができたはずだ。

それなのにわたしは動《うご》けなかったんだ。

「……こわい思《おも》いをさせて、ごめんね。霧島《きりしま》くん」

わたしはわたし（霧島《きりしま》くん）にだけ聞《き》こえるように、そっとささやいた。

まわりの人《ひと》に聞《き》こえなければ、霧島《きりしま》くんって呼《よ》べるみたい。

「いや、おれもいつもこわい思《おも》いさせちゃってるから。もっといつでも助《たす》けられるようにならないとな」

「そんなことないよ。わたしはいつもすごく助《たす》けてもらってるんだから」

「おまえら今日《きょう》はやけに距離《きょり》近《ちか》くない？」

ヒソヒソ話《はな》しているわたしたちをいぶかしんだコウ先輩《せんぱい》に首《くび》ねっこをつかまれて、離《はな》されてしまった。

（あいかわらず霧島《きりしま》くん（わたし）に対《たい》するあつかいがひどいです。コウ先輩《せんぱい》……）

「本当《ほんとう》にどうしたんだ？　なにかあったのか？」

ギラリとするどい眼光《がんこう》を光《ひか》らせながら、カイトくんがわたし（霧島《きりしま》くん）の顔《かお》をのぞきこんだ。

「わあっ、か、顔《かお》がちけーって！　おまえらはそろいもそろって距離《きょり》が近《ちか》いんだよ！　離《はな》れろっ」

ギョッとしたわたし（霧島《きりしま》くん）がピョンと後《うし》ろに飛《と》びのく。

背《せ》の高《たか》いカイトくんの前《まえ》で、わたし（霧島《きりしま》くん）はまるでか弱《よわ》い小動物《しょうどうぶつ》みたいにたよりなく見《み》えた。

（みんなから見《み》えてるわたしって、こんな感《かん》じなんだな……）

これじゃ霧島《きりしま》くんがいつも心配《しんぱい》するのもわかる気《き》がする。

わたしはちょっぴり落《お》ちこんだ。

（もっとしっかりしなくちゃ……）

わたしはひそかに心《こころ》に誓《ちか》ったのだった。

4 イタズラの犯人《はんにん》

教室《きょうしつ》に入《はい》るとすぐに、わたしと霧島《きりしま》くんはノエルくんを廊下《ろうか》へと呼《よ》びだした。

「ノエルくん、ひどいよ！　あんなグミ食《た》べさせるなんて」

「え？　セイ、どうしたの？」

ノエルくんはとまどった様子《ようす》で、わたしのことを霧島《きりしま》くんの名前《なまえ》で呼《よ》んだ。

わたしにあのグミをくれて中身《なかみ》を入《い》れかえたのは、ノエルくんのはずなのに。

「……ノエルくん？　昨日《きのう》、わたしに魔界《まかい》で流行《はや》ってるグミをくれたよね？」

頭《あたま》の中《なか》で昨日《きのう》のノエルくんを思《おも》いだしながら、念《ねん》を押《お》すように聞《き》いてみる。

左《ひだり》サイドにたれる長《なが》めの髪《かみ》だった。

（うん、あれはたしかにアイルくんじゃなくて、ノエルくんだったはず）

それなのにノエルくんは、驚《おどろ》いた顔《かお》で言《い》った。

「えっ、あのグミを食《た》べたの？　じゃあ、今《いま》しゃべってるのって、もしかしてセイじゃなくて、中身《なかみ》は美羽《みう》ちゃんってこと？　そういえば話《はな》し方変《かたへん》かも！」

「……おまえがグミをくれて、おれたちは目《め》の前《まえ》で食《た》べただろ？　おぼえてないのか？」

わたしの顔《かお》をした霧島《きりしま》くんも、不審《ふしん》そうな表情《ひょうじょう》でノエルくんに聞《き》いた。

けれど返《かえ》ってきた答《こた》えは、意外《いがい》なものだった。

「ううん。ボクとアイルは、あのグミを食《た》べたから、昨日《きのう》は入《い》れかわっていたんだ！　だから美羽《みう》ちゃんたちにグミを渡《わた》したのは、アイルだと思《おも》うよ？」

ノエルくんはあっさりとそう口《くち》にすると、むじゃきに笑《わら》って言《い》った。

「おもしろいよね、あのグミ」

「お、おもしろくなんかないよ……！　わたしたちなにも知《し》らずに食《た》べちゃって、大変《たいへん》なことになってるんだから！」

「そう？　ボクとアイルは双子《ふたご》だからそんなに違和感《いわかん》なかったけど、美羽《みう》ちゃんとセイだったらだいぶちがうから、入《い》れかわるのも新鮮《しんせん》で楽《たの》しいんじゃない？」

わくわくした様子《ようす》のノエルくんに、うんざりした顔《かお》でわたし（霧島《きりしま》くん）が言《い》った。

「楽《たの》しくないからはやく戻《もど》せ。ノエルが戻《もど》ってるってことは、かんたんにもとに戻《もど》れるんだろ？」

けれどそのつっけんどんな態度《たいど》は、逆《ぎゃく》にノエルくんを喜《よろこ》ばせちゃったみたい。

ノエルくんははしゃいだ様子《ようす》で言《い》った。

「わあ、美羽《みう》ちゃんの口調《くちょう》、新鮮《しんせん》だ！ でもかわいい！ ボクのこと呼《よ》び捨《す》てにしてる!!」

「は、離《はな》れろ。おれは日向《ひなた》じゃないってわかってるんだろ！」

飛《と》びつくようにわたし（霧島《きりしま》くん）のうでをとったノエルくんを、わたし（霧島《きりしま》くん）が振《ふ》りはらう。

「ねえ、ノエルくんはどうやって戻《もど》ったの？」

わたしが聞《き》くと、ノエルくんは不満《ふまん》そうな表情《ひょうじょう》をした。

「えー、セイの低《ひく》い声《こえ》で言《い》われても、美羽《みう》ちゃんだと思《おも》えない」

「そ、そんなこと言《い》われても……」

困《こま》ったわたしに同情《どうじょう》してくれたのか、ノエルくんはイタズラっぽくほほえんで教《おし》えてくれた。

「実《じつ》はアイルにもらっただけだから、ボクもよくわかんないんだ。だけど次《つぎ》の日《ひ》には戻《もど》ってたから、美羽《みう》ちゃんたちもそのうち戻《もど》れるんじゃない？」

「ほ、本当《ほんとう》⁉」

ノエルくんの言葉《ことば》に、わたし（霧島《きりしま》くん）もホッとしたような表情《ひょうじょう》で言《い》った。

「効果《こうか》は一日《いちにち》だけなのかもしれない。それならよかったな」

「うん。戻《もど》れなくなったらどうしようかと思《おも》っちゃった！」

今《いま》すぐ戻《もど》れないのは心《こころ》もとないけれど、ノエルくんが一日《いちにち》で戻《もど》ったという情報《じょうほう》で、わたしの心《こころ》は少《すこ》しだけ軽《かる》くなった。

教室《きょうしつ》に戻《もど》るとアイルくんが席《せき》にいたから、話《はな》しかけた。

（ひとこと文句《もんく》を言《い》っておかないと！）

「ちょっと、アイルくん」

アイルくんは霧島《きりしま》くん（わたし）に声《こえ》をかけられることがわかっていたかのように、フッと不敵《ふてき》な笑《え》みを浮《う》かべて振《ふ》りかえった。

「なにか用《よう》か？　【特別《とくべつ》な血《ち》】。ああ、今《いま》はハンパものの血《ち》か」

「っ、やっぱりアイルくんの仕業《しわざ》だったんだ⁉　ひどい！」

「他人《たにん》からもらったものをホイホイ口《くち》に入《い》れるなんて、不用心《ぶようじん》もいいところだな」

「た、他人《たにん》って……、そりゃ知《し》らない人《ひと》からもらったものだったら食《た》べないけど、ノエルくんは友《とも》だちだからだよ！」

「美羽《みう》ちゃん……！」

わたしの言葉《ことば》を後《うし》ろで聞《き》いていたノエルくんが、感極《かんきわ》まって背中《せなか》からギューッと抱《だ》きついてきた。

霧島《きりしま》くんのからだだから、ノエルくんがちっちゃく感《かん》じる。

「きゃあ、ノエルくんが霧島《きりしま》くんに抱《だ》きついてる。カワイーッ」

「なんか萌《も》えるよね！」

クラスメイトの女《おんな》の子《こ》がキャッキャとはしゃいでいるけれど、当《とう》のノエルくんはつまらなそうにパッとからだをはなした。

「セイに抱《だ》きついてもなんだかな。やっぱいいや」

「おいノエル。ハンパものの血《ち》にかまうな。東雲家《しののめけ》は貴族《きぞく》の家系《かけい》なんだぞ」

アイルくんの挑発的《ちょうはつてき》な言葉《ことば》にカッとなったわたしは、アイルくんの肩《かた》をつかんでしまった。

ヴァンパイアと人間《にんげん》の血《ち》を半分《はんぶん》ずつ持《も》つ霧島《きりしま》くんのことを、アイルくんはハンパものって呼《よ》んでバカにするんだ！

思《おも》ったよりも霧島《きりしま》くんのうでは力《ちから》が強《つよ》くて、アイルくんが後《うし》ろに転《ころ》びそうになりながら、イスから立《た》ちあがってしまった。

「あっ、ご、ごめん。……でもあやまって！　ハンパものの血《ち》じゃないから」

「なんだこの力《ちから》は……、野蛮《やばん》だな」

アイルくんは顔《かお》をしかめながら、そう言《い》った。

(霧島《きりしま》くんってふだん、ちゃんと力加減《ちからかげん》をしていたんだ……！)

霧島《きりしま》くんはやさしい性格《せいかく》をしてるから、アイルくんにつかみかかったのなんて見《み》たことがない。

それなのにわたしが霧島《きりしま》くんのすがたでそんなことをしちゃうなんて！

「ごめんなさい……」

なんだか霧島《きりしま》くんの名誉《めいよ》を傷《きず》つけた気《き》がして、わたしがあやまってしまった。

「セイが歯向《はむ》かってこないと変《へん》な感《かん》じだな。べつにこれぐらいなんてことないけど」

プライドの高《たか》いアイルくんは、わたしが素直《すなお》にあやまったことに拍子《ひょうし》ぬけしたような顔《かお》をしながら、そう言《い》った。

「そういえば中身《なかみ》は美羽《みう》だったな」

「そうじゃなくてもあやまって。霧島《きりしま》くんのことハンパものなんて呼《よ》ばないで」

わたしがグイグイ迫《せま》ると、アイルくんはちょっとおびえたように、

「わ、悪《わる》かった。近寄《ちかよ》るな」

と小声《こごえ》でだけどあやまってくれた！

アイルくんはわたしを友《とも》だちとしては受《う》けいれてくれないけれど、本質《ほんしつ》は悪《わる》い子《こ》じゃないんだ。

気《き》のすんだわたしがアイルくんから離《はな》れると、今度《こんど》はわたし（霧島《きりしま》くん）がアイルくんに詰《つ》め寄《よ》った。

「おい、なんでおれと日向《ひなた》の中身《なかみ》を入《い》れかえたんだ？」

「……おもしろいかなと思《おも》ったんだが」

アイルくんはそうつぶやくと、わたしと霧島《きりしま》くんを交互《こうご》に見《み》た。

それから苦々《にがにが》しげに言《い》った。

「やっぱりおもしろくないな。どっちもかわいくない」

（……アイルくんがやったのに！　どっちもかわいくないってなにー!?）

結局《けっきょく》アイルくんはもとに戻《もど》す方法《ほうほう》をハッキリとは教《おし》えてくれなかった。

だからわたしたちは、明日《あした》になればもとに戻《もど》れるって、そう信《しん》じるしかなかった。

「今日《きょう》はさっさと寝《ね》て、明日《あした》考《かんが》えよう」

「うん」

わたしたちは夜《よる》になると、はやめに寝《ね》ちゃうことにした。

霧島《きりしま》くんのフリをして、精神使《せいしんつか》いはたした！

一日《いちにち》でもう限界《げんかい》って感《かん》じ！

（話《はな》し方《かた》も態度《たいど》も変《へん》なはずなのに、みんななんで気《き》づかないのー!?　これもグミの効《こう》果《か》!?)

霧島《きりしま》くんの部屋《へや》に戻《もど》って、ベッドにもぐりこむ。

(うう、霧島《きりしま》くんのベッドで寝《ね》るなんて、きんちょうするよ……)

ここで寝《ね》るのは気《き》がひけたけれど、わたしはユノちゃんと同室《どうしつ》だから、霧島《きりしま》くんのからだのまま自分《じぶん》のベッドで寝《ね》ることはできなかった。

だから恥《は》ずかしいのをがまんして、ここで寝《ね》るしかない。だけど。

(霧島《きりしま》くんのにおいがする……)

布団《ふとん》にくるまると、霧島《きりしま》くんのにおいに包《つつ》まれるような気《き》がして、どうしても落《お》ちつかない! 胸《むね》のドキドキが止《と》まらない!!

なんども寝返《ねがえ》りをうって、ギュッと目《め》をつぶっていると、いつの間《ま》にかわたしは眠《ねむ》りに落《お》ちていた。

5 戻《もど》れない！

目《め》が覚《さ》めると霧島《きりしま》くんの部屋《へや》の天井《てんじょう》が見《み》えた。

(戻《もど》れてない！)

「なんでー!?」

叫《さけ》んでガバッと起《お》きあがる。

あわてて部屋《へや》に置《お》いてある鏡《かがみ》を見《み》ると、やっぱりわたしは霧島《きりしま》くんのままだった。

(寝《ね》ぐせがピョコンと立《た》っててかわいい……って、今《いま》はそれどころじゃない！)

時間《じかん》がたつと、効果《こうか》が消《き》えるわけじゃなかったんだ！

(あああ、今日《きょう》も霧島《きりしま》くんとして過《す》ごすの……？)

不安《ふあん》がいっぱいのまま身支度《みじたく》をしてリビングへいくと、平気《へいき》な顔《かお》をしてパンをかじっているわたし（霧島《きりしま》くん）がいた。

（き、霧島《きりしま》くん。順応力高《じゅんのうりょくたか》すぎるよ……！）

「だって仕方《しかた》ないだろ？　戻《もど》ってないんだし。ほら、ひ……じゃなかった。霧島《きりしま》くんも座《すわ》って」

「うん……」

「今日《きょう》こそはやく家《いえ》を出《で》て、アイルを捕《つか》まえよう。あいつら車《くるま》で送迎《そうげい》してもらってるから、校門《こうもん》で待《ま》ちぶせしようぜ」

わたし（霧島《きりしま》くん）が耳元《みみもと》でささやく。

となりに座《すわ》るユノちゃんは、あくびをしながら、のんびりミルクティーを飲《の》んでる。

「そ、そっか。わかった！」

（霧島《きりしま》くんはアイルくんに話《はなし》をするために、はやく起《お》きて朝食《ちょうしょく》を食《た》べていたんだ！）

外見《がいけん》がわたしでも、やっぱり霧島《きりしま》くんはたよりになる。

わたしも急《いそ》いで、朝食《ちょうしょく》のパンに手《て》をのばした。

「戻《もど》れてないことを、アイルくんにからかわれそうだなあ……」

「まあ、戻《もど》る方法《ほうほう》をすんなり教《おし》えてはくれないだろうな」

校門《こうもん》の前《まえ》に立《た》つわたしたちを、通《とお》りすがる生徒《せいと》たちが不思議《ふしぎ》そうに見《み》ている。

霧島《きりしま》くんは背《せ》も高《たか》くてかっこいいから目立《めだ》つし、霧島《きりしま》くんとわたしが二人《ふたり》だけでいるのがめずらしいからだと思《おも》う。

いつもユノちゃんか、コウ先輩《せんぱい》とレン先輩《せんぱい》がいっしょにいるから。

(みんなの視線《しせん》が痛《いた》いから、はやくアイルくんとノエルくんこないかなあ)

わたしの祈《いの》りが通《つう》じたのか、高級《こうきゅう》そうなピカピカの黒《くろ》い車《くるま》が、校門《こうもん》の前《まえ》にとまった。

アイルくんとノエルくんが車《くるま》から降《お》りてくる。

わたしたちが近《ちか》よると、アイルくんがえらそうにあごをツンとあげて言《い》った。

「朝《あさ》からお出迎《でむか》えとはご苦労《くろう》だな」

「あれ？　おはよう。校門《こうもん》で会《あ》うなんてめずらしいね。美羽《みう》ちゃん、セイ」

「おはよう、アイルくん、ノエルくん。二人《ふたり》を待《ま》ってたの」

わたしがあいさつを返《かえ》したとたん、アイルくんがプッとふきだした。

「どうやら戻《もど》る方法《ほうほう》がわかってないみたいだな」

「そ、そうだよ。だから二人《ふたり》のこと待《ま》ってたの」

(うう、やっぱりからかわれる……！)

わたしがアイルくんのイヤミを覚悟《かくご》していると、アイルくんの後《うし》ろからべつの声《こえ》がかかった。

「東雲《しののめ》アイルとノエルだな？」

「えっ？」

アイルくんとノエルくんが、驚《おどろ》いて二人《ふたり》同時《どうじ》に振《ふ》りかえる。

そこにはヴァンパイアの高露《たかつゆ》リオンくんと、いとこのテオくんが立《た》っていた。

リオンくんはユノちゃんのママが、ユノちゃんの婚約者《こんやくしゃ》として選《えら》んだ貴族《きぞく》の男《おとこ》の子《こ》なんだ。

ヴァンパイアの世界《せかい》では、この年《とし》で婚約者《こんやくしゃ》を決《き》めることはめずらしくないんだって！

だけど婚約《こんやく》お披露目《ひろめ》パーティーにあらわれたキラくんが、なぜか婚約《こんやく》はなしって突然《とつぜん》言《い》いだしたから、なかったことになっちゃったの！

これまでユノちゃんに会《あ》いにきたことはあったんだけど、アイルくんやノエルくんと話《はな》

Rion《リオン》

しているのは、見《み》たことがなかった。

「ノエルくん。リオンくんたちと知《し》り合《あ》いだったの？」

「うん。ヴァンパイア王立学園《おうりつがくえん》の先輩《せんぱい》だよ」

ノエルくんはうなずいたけれど、表情《ひょうじょう》がかたかった。

アイルくんもどことなくきんちょうした様子《ようす》だ。

（そっか。アイルくんとノエルくんも、ヴァンパイア王立学園《おうりつがくえん》に通《かよ》っていたんだっけ。こわい先輩《せんぱい》なのかな？）

「リオンくん、おひさしぶりです。どうしたんですか？」

いつもはえらそうなアイルくんが、丁寧《ていねい》にあいさつをした。

リオンくんは身長《しんちょう》が高《たか》くて、肩《かた》までのオレンジ髪《がみ》にシルバーのインナーカラーがとくちょうのとにかく目立《めだ》つ外見《がいけん》をしている。

顔《かお》だちもほりが深《ふか》くてハッキリしているから、眼《め》ヂカラが強《つよ》くて迫力《はくりょく》があるの。

リオンくんの機嫌《きげん》が悪《わる》いところばかり見《み》ているからか、近寄《ちかよ》りがたい印象《いんしょう》なんだ。

いっぽうとなりに立《た》つテオくんは、マッシュヘアに三《み》つ編《あ》みをぶらさげた小柄《こがら》でかわいい男《おとこ》の子《こ》だよ。

けれどおだやかな態度《たいど》とはうらはらに、わたしを見《み》る目《め》は冷《つめ》たくて、なにを考《かんが》えてるのかわからないところが、恐怖《きょうふ》を感《かん》じさせる。

「あれ、おまえら――、今日《きょう》はユノはいないのか？」

リオンくんがわたしと霧島《きりしま》くんに気《き》づいて話《はな》しかけると、テオくんがおどけるように、リオンくんをからかった。

「ありゃりゃ、残念《ざんねん》だねリオン。アイルたちを捜《さが》すついでに、ユノの顔《かお》も見《み》られるかもーって、朝《あさ》からドキドキしてやってきたっていうのにね」

「う、うるさい。おれはドキドキなんてしてない！　ただユノの婚約者《こんやくしゃ》として気《き》にかけただけだ！」

リオンくんは、ユノちゃんのことが好《す》きみたい。

ユノちゃんに会《あ》いたかったのかな。

そんなリオンくんのことを、テオくんがまたからかう。

「まだ婚約者《こんやくしゃ》じゃないでしょー。キラくんにダメって言《い》われちゃったんだからさ」

「ぐっ……、おいアイル。おまえ魔界《まかい》で流通禁止《りゅうつうきんし》になったグミを持《も》ちだしたのか？」

リオンくんは触《ふ》れられたくない部分《ぶぶん》だったのか、あわててアイルくんに話《はなし》を振《ふ》った。

（グミってわたしたちが食《た》べた中身《なかみ》を入《い》れかえるあのグミのこと……!?）

「えっ、流通禁止《りゅうつうきんし》になったんですか!?　どうして!?」

アイルくんがビックリしたように声《こえ》をあげると、テオくんが肩《かた》をすくめて言《い》った。

「やっぱり知《し》らなかったの？　キラくんの兄王子《あにおうじ》が、あのグミを使《つか》ってキラくんをおとしいれようとした事件《じけん》があってね。おこったキラくんが、あのグミを流通禁止《りゅうつうきんし》にしちゃったんだ。それで、僕《ぼく》たちヴァンパイア王立学園《おうりつがくえん》の生徒《せいと》も、残《のこ》ったグミの回収《かいしゅう》にあたってるってわけ。人間界《にんげんかい》にまで持《も》ちだしたのは、きみたち双子《ふたご》だけだったけどね」

「えーっ、ボ、ボクたち知《し》らなかったんです。悪《わる》いことに使《つか》ったりしてません！」

「ふーん。じゃあ、さっさと出《だ》してくれる？　渡《わた》してくれたら僕《ぼく》らすぐに帰《かえ》るから」

「えっ……。い、今《いま》は持《も》っていないんですけど……」

ノエルくんがしどろもどろになっているのを、わたしはポカンとながめていた。

「なくしたとか面倒《めんどう》なこと言《い》わないでよ？　ここまでくるのだって時間《じかん》かかってるんだか

ら、僕《ぼく》らも手《て》ぶらじゃ帰《かえ》れないよ。さっさと出《だ》さないなら、力《ちから》ずくでもらって帰《かえ》るけど?」

テオくんのどんぐり目《め》がスッと細《ほそ》くなった。

温和《おんわ》なしゃべり方《かた》をするけれど、やっぱり凶暴《きょうぼう》なヴァンパイアなんだって感《かん》じて、わたしはこわくなった。

(テオくんが力《ちから》ずくで回収《かいしゅう》しようとしてるグミを、わたしたちが食《た》べちゃったって知《し》ったら、いったいどうなっちゃうの!?)

急《きゅう》に犯罪者《はんざいしゃ》になったような気分《きぶん》になって、心臓《しんぞう》がドキドキしてきた。

テオくんがおこって攻撃《こうげき》してきたりしたらって思《おも》うと、すごくこわい。

いつも守《まも》ってもらっているけれど、今《いま》は霧島《きりしま》くんのすがたであるわたしが、わたし(霧《きり》島《しま》くん)を守《まも》らなくちゃいけない。

(わたしにそんなこと、できるのかな……。でも、やらなくちゃ!)

ギュッとにぎりしめた拳《こぶし》に、痛《いた》いくらいの力《ちから》が入《はい》る。

その上《うえ》にふわっと小《ちい》さな手《て》が重《かさ》なった。

「霧島《きりしま》くん……」

それはわたし（霧島《きりしま》くん）の手《て》だった。

霧島《きりしま》くんが中身《なかみ》であるわたしの手《て》が、包《つつ》みこむように霧島《きりしま》くん（わたし）の手《て》に触《ふ》れている。

「大丈夫《だいじょうぶ》。日向《ひなた》のこと、ちゃんと守《まも》るから」

そう言《い》って顔《かお》をあげて前《まえ》を向《む》いているわたし（霧島《きりしま》くん）は、今《いま》まで見《み》たどんな自分《じぶん》よりもりりしく見《み》えた。

こんなにも胸《むね》がドキドキするなんて。

自分《じぶん》のすがたを見《み》て、そんな風《ふう》になるなんて変《へん》だって思《おも》うけど。

霧島《きりしま》くんは外見《がいけん》がどんなでも、やっぱり霧島《きりしま》くんなんだなあって思《おも》って。

そばにいてくれるだけで、わたしは心《こころ》を強《つよ》く持《も》てるんだ。

そのとき、アイルくんがきんちょうした表情《ひょうじょう》で口《くち》を開《ひら》いた。

「あのグミはもうありません。ひとつは自分《じぶん》たちで食《た》べて効果《こうか》はすぐに解《と》いたし、もうひとつは美羽《みう》とセイが食《た》べて、入《い》れかわってる最中《さいちゅう》です」

「は？　おまえたちが入《い》れかわってるのか？」

リオンくんが信《しん》じられないものを見《み》るように、わたしたちをギッとにらんだ。

ギョロリとした大《おお》きな瞳《ひとみ》で見《み》つめられて、居心地《いごこち》が悪《わる》くなったわたしは視線《しせん》をさまよわせた。

(やっぱりリオンくんってこわいよ！　おこっちゃったらどうしよう……)

「あれ？　リオンとテオ？　なんでいるの？」

高《たか》く澄《す》んだ声《こえ》がその場《ば》に響《ひび》いて、わたしはパッと声《こえ》がしたほうを見《み》た。

そこには遅《おく》れて登校《とうこう》してきたユノちゃんとコウ先輩《せんぱい》、そしてレン先輩《せんぱい》がいた。

「ユ、ユノ。ひさしぶりだな」

リオンくんの声《こえ》が一オクターブ高《たか》くなって、ユノちゃんの登場《とうじょう》にテンションがあがったのがわかった。

(ユノちゃん……！　ユノちゃんのおかげで、リオンくんの機嫌《きげん》が悪《わる》くならずにすむかもしれない！)

わたしはそう思《おも》ったけれど、ユノちゃんはちょっといやそうな表情《ひょうじょう》をして言《い》った。

「えっ、この間《あいだ》会《あ》ったばっかりでしょ。なんでこんなところにいるの？　もしかしてママになにか言《い》われてユノに会《あ》いにきたの？」

　リオンくんがムッとしたように言《い》いかえした。

「いや、ちがう！　今日《きょう》はキラくんの命令《めいれい》で、中身《なかみ》を入《い》れかえるグミを、この双子《ふたご》から回《かい》収《しゅう》しにきただけだ。それなのにこいつらが食《く》っちまったんだ」

　リオンくんに指《ゆび》さされて、わたしはドキッとした。

　ユノちゃんには入《い》れかわりのことを話《はな》せなかったけれど、リオンくんが言《い》ったことは伝《つた》わったみたい！

　ユノちゃんもコウ先輩《せんぱい》もレン先輩《せんぱい》も、みんなビックリした表情《ひょうじょう》をしている。

「え？　セイと美羽《みう》が入《い》れかわってるってこと？　それ本当《ほんとう》？」

　コウ先輩《せんぱい》にそう聞《き》かれて、わたしはとまどいながらもうなずいた。

「そういえば昨日《きのう》からずっと変《へん》だったよな。えー、これが美羽《みう》かあ」

　コウ先輩《せんぱい》は心配《しんぱい》そうにしてくれてるけれど、見《み》た目《め》が霧島《きりしま》くんで中身《なかみ》がわたしだってことがまだ信《しん》じられないみたい。

　テオくんも困《こま》ったようにリオンくんに言《い》った。

「ねえ、どうするリオン？　キラくんになんて報告《ほうこく》する？」

「うーん。ただでさえ機嫌《きげん》が悪《わる》いキラくんに、人間《にんげん》にグミを食《た》べられましたとは伝《つた》えにくいな」

いつも強気《つよき》なリオンくんも、王子様《おうじさま》のキラくんには弱《よわ》いみたい。

（わたしがグミを持《も》ちだしたわけじゃないんだけど……、なんだかおおごとになってきちゃった？）

この間《あいだ》もリオンくんは、キラくんがあらわれたらひざをついていたし、ヴァンパイアの中《なか》での王子様《おうじさま》の存在《そんざい》って、わたしが思《おも》ってるよりもずっと大《おお》きいみたい。

わたしもキラくんのことが、すごくこわいけれど。

キラくんはなんていうか、ただそこにいるだけで威圧《いあつ》されるようなオーラがある人《ひと》なんだ。

人間《にんげん》のわたしには、王子様《おうじさま》なんて言《い》われても実感《じっかん》がわかないし、ヴァンパイアの強《つよ》さを感《かん》じることもできないのに。

キラくんの美《うつく》しすぎる外見《がいけん》が、闇《やみ》を感《かん》じる紫黒《しこく》の瞳《ひとみ》が、見《み》ているだけでふるえるぐらい、わたしにはおそろしく感《かん》じるんだ。

「グミは僕《ぼく》たちが責任《せきにん》を持《も》って処分《しょぶん》しました、とか言《い》ってみる？」

テオくんがおどけて言《い》った瞬間《しゅんかん》だった。

「おれを出《だ》しぬく算段《さんだん》か？　いい度胸《どきょう》だな」

地《ち》の底《そこ》をはうような低《ひく》い声《こえ》が楽《たの》しそうに響《ひび》いて、わたしたちはバッと声《こえ》のしたほうを見《み》た。

するとそこにはキラくん本人《ほんにん》が立《た》っていた。

6 ついにキラくん登場《とうじょう》

　サラリとした金色《きんいろ》の髪《かみ》、そんなに長身《ちょうしん》じゃないのに、立《た》ってるだけでまわりを威圧《いあつ》する圧倒的《あっとうてき》なオーラ。

　すぐそばで話《はな》しかけられるまでまったく存在《そんざい》を感《かん》じることができない不気味《ぶきみ》さ。

　得体《えたい》の知《し》れないこわさに、霧島《きりしま》くんのからだであっても、わたしのあしはふるえていた。

　キラくんはまっすぐにわたし（霧島《きりしま》くん）に向《む》かってスタスタと歩《ある》いていくと、その顔《かお》をのぞきこむようにして言《い》った。

「あのグミを食《た》べたのか？」

　キラくんは話《はなし》を聞《き》いていたのか、わたし（霧島《きりしま》くん）の様子《ようす》をうかがっているようだった。わたし（霧島《きりしま》くん）はちゅうちょすることなく、コクンとうなずく。

「中身《なかみ》を入《い》れかえるグミだなんて知《し》ってたら、食《く》ってなかったけど。キラはもとに戻《もど》る方《ほう》法《ほう》を知《し》ってるのか？」

いつもビクビクしているわたし（霧島《きりしま》くん）が平然《へいぜん》と答《こた》えたことに、キラくんは少《すこ》し驚《おどろ》いたように目《め》を見《み》はった。

（あの闇《やみ》に引《ひ》きこまれそうな瞳《ひとみ》で見《み》られて、平気《へいき》で話《はなし》ができる霧島《きりしま》くんってすごいよ……）

だけどキラくんなら、もとに戻《もど》る方法《ほうほう》を知《し》っていてもおかしくない！

わたしがドキドキしながら見守《みまも》っていると、キラくんはフッと不敵《ふてき》に笑《わら》って、わたし（霧島《きりしま》くん）の耳元《みみもと》で言《い》った。

「それをおまえに教《おし》える必要《ひつよう》があるのか？　おれはティアラの血《ち》があれば、中身《なかみ》がだれでもかまわない。おまえはおれのものだ」

そのままわたし（霧島《きりしま》くん）の顔《かお》に触《ふ》れようとキラくんが手《て》をのばしたから、わたし（霧島《きりしま》くん）がバッと後《うし》ろに飛《と》びのいた。

「お、おれはおまえのものになんてならない……！　変《へん》なこと言《い》うな！」

その様子《ようす》を見守《みまも》りながら、キラくんがわたしの血《ち》に執着《しゅうちゃく》しているのを感《かん》じて、わたしは余計《よけい》にこわくなった。

（わたしの血《ち》に、そんな価値《かち》ないって思《おも》いたいけど……、キラくんこわすぎる……！）

キラくんはそれから、チラリとこちらを見《み》た。

思《おも》わずからだがこわばっちゃう。

おびえているわたしを見《み》て、キラくんは口《くち》のはしをあげてバカにしたように言《い》った。

「弱《よわ》そうだな。一撃《いちげき》でたおせそうだ」

「なっ……！」

本来《ほんらい》の霧島《きりしま》くんだったら、そんな風《ふう》には言《い》われないだろう。

（キラくんは中身《なかみ》がわたしだから、見《み》くだしてるんだ！）

カッとなったけれど、実際《じっさい》はキラくんの言《い》うとおり、霧島《きりしま》くんのようには闘《たたか》えない。

わたしをかばうように、コウ先輩《せんぱい》がサッと前《まえ》に立《た》ってくれた。

「……セイを優先《ゆうせん》して守《まも》るなんて変《へん》な感《かん》じだけど、今《いま》はセイが美羽《みう》なんだよな」

困惑《こんわく》した表情《ひょうじょう》をしながらも、コウ先輩《せんぱい》が守《まも》ろうとしてくれているのがわかって、わたしは胸《むね》がジーンとした。

「コウ、ここは生徒《せいと》がたくさん通《とお》る校門《こうもん》なんだぞ。わかってるだろうな」

コウ先輩《せんぱい》に注意《ちゅうい》をしながら、レン先輩《せんぱい》もわたしのほうへと歩《ある》いてきてくれた。

レン先輩《せんぱい》も守《まも》ってくれるつもりなんだ！

ユノちゃんがリオンくんを見《み》つめながら言《い》った。

「ねえ、リオン。どうしたらグミの効果《こうか》がなくなるの？　ユノに教《おし》えて？　お願《ねが》い」

ユノちゃんの瞳《ひとみ》があざやかなピンク色《いろ》に染《そ》まる。

ユノちゃんが機転《きてん》をきかして、リオンくんからもとに戻《もど》る方法《ほうほう》を聞《き》きだそうとしてくれてるんだ！

(そうだ、ユノちゃんの魅了《テンプ》の能力《のうりょく》なら！)

ユノちゃんは魅了《テンプ》の能力《のうりょく》が特《とく》に強《つよ》くて、ヴァンパイアさえもあやつれちゃうんだ！

リオンくんは油断《ゆだん》していたのか、ユノちゃんの魅了《テンプ》にかかって、トロンとした目《め》つきになった。

「あのグミの効果《こうか》は……、異性《いせい》が額《ひたい》にキスをすることで解《と》ける。オモチャとして作《つく》られたものだから、かんたんに効果《こうか》が解《と》けるようになっているんだ……」

（異性《いせい》が額《ひたい》にキスすることが条件《じょうけん》⁉）

思《おも》ってもみなかったもとに戻《もど》る方法《ほうほう》にわたしが面食《めんく》らっていると、ノエルくんが納得《なっとく》したように言《い》った。

「あー、そっか。だからボクはすぐにもとに戻《もど》ったんだ！　寝《ね》る前《まえ》にママから、おでこにおやすみのキスをもらったから」

（おやすみのキス……。ノエルくんがもとに戻《もど》れたのは、それが理《り》由《ゆう》だったんだ！）

どうりで、わたしたちはもとに戻《もど》れなかったわけだ。

ただ眠《ねむ》るだけじゃ、ダメだったんだ！

「ちょっとユノ。リオンを魅了《テンプ》するのはやめてよね。ペラペラしゃべっちゃって、キラくんの機嫌《きげん》を損《そこ》ねたらどうするのさ」

いつの間《ま》にかユノちゃんの背後《はいご》に回《まわ》っていたテオくんが、困《こま》ったようにそう言《い》うと、両《りょう》手《て》でユノちゃんに目《め》かくしをした。

魅了《テンプ》は相手《あいて》の目《め》を見《み》てあやつるから、こうするとユノちゃんは能力《のうりょく》が使《つか》えなくなっちゃうんだ！

「ユノちゃんっ」

「きゃ、テオ。はなしてよ！」

ユノちゃんの能力《のうりょく》がきれたとたん、リオンくんはわれに返《かえ》った。

「あれっ？　おいテオ、なにやってるんだ！　ユノをはなせ」

そしてテオくんにどなった。

あやつられてる間《あいだ》のことは、リオンくんはおぼえていないんだ！

「……ちぇ、理不尽《りふじん》だなあ。わかったよ」

テオくんは若干《じゃっかん》あきれたような表情《ひょうじょう》で、ユノちゃんから手《て》をはなした。

ユノちゃんはわたしのほうを向《む》くと、両手《りょうて》を広《ひろ》げて言《い》った。

「もとに戻《もど》す方法《ほうほう》がわかってよかったね！　それなら、ユノにまかせて！　セイのおでこにキスしてあげる！　セイ、きて！」

「えっ……」

（セイって言《い》ってるけどこっちを向《む》いてるし、呼《よ》ばれてるのってわたしだよね!?）

ユノちゃんは外見《がいけん》が霧島《きりしま》くんで、中身《なかみ》がわたしの額《ひたい》に、キスしてくれるって言《い》ってるんだ！

（と、友《とも》だちのユノちゃんにおでこにキスしてもらうって……、いいのかな……。でも……）

意識《いしき》はわたしだけど、実際《じっさい》にユノちゃんがキスする相手《あいて》は、霧島《きりしま》くんなんだ。

その事実《じじつ》が頭《あたま》をよぎると、胸《むね》がズキッとした。

（ユノちゃんは親切心《しんせつしん》で言《い》ってくれてるのに、こんなこと思《おも》っちゃダメだ……！）

目《め》をギュッと閉《と》じて、雑念《ざつねん》を追《お》いだそうと頭《あたま》を振《ふ》った。

動《うご》かないあしを前《まえ》に出《だ》そうと決《き》めたとたん、リオンくんがまたテオくんにどなった。

「おい、テオ！　ユノをしっかり捕《つか》まえておけ！　ユノのキスなんておれは認《みと》めないからな!!」

「ええええ!?　もう、どっちだよー」

テオくんは文句《もんく》を言《い》いつつも、ユノちゃんの後《うし》ろから両《りょう》うでをつかんだ。

「きゃあ！　もう、テオ。はなしてよ。じゃましないで！」

「ユノはダメだってさ。大人《おとな》しくしててよ」

「ユノちゃんをはなして、テオくん！」

わたしがテオくんのほうへいこうとすると、そばにいたコウ先輩《せんぱい》が、わたしの肩《かた》に手《て》をポンと置《お》いて言《い》った。

「まあまあ、セイも落《お》ちついて。あ、美羽《みう》だっけ。どっちかの額《ひたい》にキスすればいいんでしょ？　じゃあ、おれが美羽《みう》にキスして、効果《こうか》を解《と》いてあげるよ」

「え⁉　コウ先輩《せんぱい》が？」

思《おも》ってもみなかったことを言《い》われて、わたしはドキッとした。

（コウ先輩《せんぱい》がわたしのおでこにキスしてくれるっていうこと⁉　それとも外見《がいけん》がわたしの霧島《きりしま》くんにキスするっていうこと⁉）

言葉《ことば》の意味《いみ》がわかると、わたしの顔《かお》がボッと赤《あか》くなった。

（だってそんなのどっちでも、ものすごく恥《は》ずかしいよ！）

そんなわたしを見《み》ると、コウ先輩《せんぱい》の表情《ひょうじょう》はとたんにくもってしまった。

「なんか弟《おとうと》にほお染《そ》められるってキモいな……」

「え……、ひ、ひどい」

（キモいって言《い》われちゃったー！　なんかショック！）

だって霧島《きりしま》くんの顔《かお》であるわたしが今《いま》どんな顔《かお》をしてるかなんて、わたしからは想像《そうぞう》がつかないんだもん！

「美羽《みう》にちゅーしてあげたいけど、弟《おとうと》にキスするなんてやっぱり抵抗《ていこう》があるな。うーん、どうしよ」

コウ先輩《せんぱい》は真剣《しんけん》な顔《かお》して悩《なや》んでる！

（だけど言《い》われてみれば、コウ先輩《せんぱい》にとってはそうなのかも……）

そんなコウ先輩《せんぱい》に、キスしてくださいなんて言《い》えない。

だいいち、わたしだって恥《は》ずかしいし！

コウ先輩《せんぱい》は目《め》を閉《と》じて、首《くび》をひねった。

「かといって、あっちは外見《がいけん》が美羽《みう》でも、意識《いしき》がセイだって思《おも》ったら、やっぱキモいんだよな……」

「なっ。し、失礼《しつれい》なこと言《い》うな！　おれだって絶対《ぜったい》いやだ！」

わたし（霧島《きりしま》くん）もはげしく拒絶《きょぜつ》している。

（えっ、かんたんに解《と》けるって思《おも》ったけれど、これってけっこうむずかしい条件《じょうけん》なんじゃない!?）

7 もとに戻《もど》すのはだれ？

「冷静《れいせい》に考《かんが》えて、中身《なかみ》が美羽《みう》でも、自分《じぶん》のくちびるが触《ふ》れるのがセイのからだである以上《いじょう》、こちらの選択肢《せんたくし》はないと思《おも》う」

レン先輩《せんぱい》が分析《ぶんせき》するようにあごに手《て》を当《あ》てて、冷静《れいせい》にそう言《い》った。

（こ、こちらって……、わたしのこと!?）

レン先輩《せんぱい》にまでハッキリと拒絶《きょぜつ》されて、わたしはただショックでポカーンとしていた。

恥《は》ずかしいから無理《むり》って自分《じぶん》でも思《おも》いつつ、相手《あいて》から拒否《きょひ》されると傷《きず》つくっていう、ふくざつな乙女心《おとめごころ》を許《ゆる》してほしい！

「つまり外見《がいけん》が美羽《みう》のほうに、口《くち》づけするしかないだろう」

（えっ、レン先輩《せんぱい》は外見《がいけん》がわたしなら、額《ひたい》にキスしてもいいって思《おも》ってくれてるってこと!?）

それはそれで、その事実《じじつ》にかーっとほおが熱《あつ》くなる。

出会《であ》ったころはあんなに嫌《きら》われてたのに、いつの間《ま》にレン先輩《せんぱい》は、わたしをそこまで受《う》けいれてくれてたんだろう。

(胸《むね》がドキドキしてきた……)

レン先輩《せんぱい》に決意《けつい》したようにまっすぐ見《み》つめられて、逆《ぎゃく》にわたし(霧島《きりしま》くん)は青《あお》ざめて叫《さけ》んだ。

「ま、待《ま》て、レン。落《お》ちつけ！　中身《なかみ》はおれだぞ⁉」

「――動《うご》くな」

「おい、レン！　おれに魅了《テンプ》をかけようとするな！」

悲鳴《ひめい》のような声《こえ》でわたし(霧島《きりしま》くん)が叫《さけ》んで、逃《に》げだした。

それを見《み》て、レン先輩《せんぱい》が舌打《したう》ちをする。

「ちっ。やっぱり魅了《テンプ》は効《き》かないか」

(レン先輩《せんぱい》の瞳《ひとみ》が青《あお》いんだけど！　わたし(霧島《きりしま》くん)を魅了《テンプ》しようとしたのー⁉)

こんな人通《ひとどお》りの多《おお》いところでヴァンパイアの能力《のうりょく》を使《つか》うなんて、レン先輩《せんぱい》ちっとも冷静《れいせい》じゃないよ！

「うわ」

学校外《がっこうがい》へ逃《に》げだそうとしたわたし（霧島《きりしま》くん）が、勢《いきお》いよくだれかにぶつかって止《と》まった。

（霧島《きりしま》くんだったらそんなミスしないだろうに、わたしってなんだか鈍《どん》くさい……）

自分《じぶん》の失態《しったい》を見《み》てるみたいで、いたたまれない。

ぶつかった相手《あいて》はなんと、いつの間《ま》にか登校《とうこう》してきていたらしいカイトくんだった。

後《うし》ろにはメアちゃんもいる。

わたしたちのやりとりを見《み》ていたらしいカイトくんが、勝《か》ちほこったように言《い》った。

「おまえら兄弟《きょうだい》そろいもそろって意気地《いくじ》なしだな！　こんなの勢《いきお》いですればいいんだよ。おれがしてやるよ！」

「えっ」

ギョッとしたわたし（霧島《きりしま》くん）の両肩《りょうかた》を、カイトくんがつかむ。

（カ、カイトくんがわたし（霧島《きりしま》くん）の額《ひたい》にキスするのー!?）

「話《はなし》を聞《き》いてたのか⁉　おい、はなせ！　肩《かた》をつかむな！　うわっ……！　顔《かお》を近《ちか》づけるな！　おれの意思《いし》を無視《むし》するなー‼」

顔面蒼白《がんめんそうはく》で叫《さけ》ぶわたし（霧島《きりしま》くん）。

「待《ま》ってー！」

思《おも》わず叫《さけ》ぶわたし。

「きゃーっ、なにあれ！」

騒《さわ》ぐまわりの女子生徒《じょしせいと》たち。

（あああ、カイトくんにおでこにキスされちゃう！）

まさにその瞬間《しゅんかん》だった。

「ダメー‼」

カイトくんの背中《せなか》に飛《と》びつくようにメアちゃんがジャンプして、両手《りょうて》でカイトくんの口《くち》をおおった。

「ぶっ……」

後《うし》ろから口《くち》をふさがれて、首《くび》をガクンと後《うし》ろにそらしたカイトくんが、苦《くる》しそうな声《こえ》をあげる。

「おい、メア。ふざけんなよ！」

「ご、ごめん。カイト兄《にい》！　だけど美羽《みう》とキスなんかダメだから！　あとわたしのこと、嫌《きら》いにならないで！」

「はあ？　なにわけのわかんないこと言《い》ってんだ」

カイトくんとメアちゃんがもめている間《あいだ》に、わたし（霧島《きりしま》くん）はくるりと方向《ほうこう》を変《か》えて、今度《こんど》は校舎《こうしゃ》に向《む》かって駆《か》けだした。

（もとには戻《もど》りたいけど、霧島《きりしま》くんがなんだかかわいそうになってきた……）

キラくんはだまって、一連《いちれん》の流《なが》れを見《み》ていた。

けれどその横《よこ》をわたし（霧島《きりしま》くん）が走《はし》りぬけようとしたそのとき、なにを思《おも》ったのかキラくんがわたし（霧島《きりしま》くん）の手首《てくび》をつかんだんだ！

「うわっ……！」

後《うし》ろに引《ひ》かれてわたし（霧島《きりしま》くん）が転《ころ》びそうになると、その背中《せなか》をキラくんがささえる。

「……なっ」

王子様《おうじさま》に抱《だ》きかかえられてるような構図《こうず》のわたし（霧島《きりしま》くん）が、キラくんを間近《まぢか》で見《み》て言葉《ことば》を失《うしな》う。

（キ、キラくん!?　なにするつもり!?）

「な、なにする気《き》だ！　まさかおまえまでおれにキスするつもりじゃないよな……？」

わたし（霧島《きりしま》くん）がぶんぶんとうでを振《ふ》りはらおうとするけれど、キラくんのうではほどけない。

（えっ、キラくんがわたし（霧島《きりしま》くん）の額《ひたい》にキスするの!?　キラくんに捕《つか》まったら逃《に》げられないよー！）

キラくんは気《き》まぐれでなにを考《かんが》えてるのかわからない。

さっきは中身《なかみ》がだれでもかまわないって言《い》っていたけれど、気《き》が変《か》わったのかもしれない！

「だ、だめーっ！　霧島《きりしま》くんにキスしないで！」

それまで全然《ぜんぜん》思《おも》いどおりに動《うご》かなかったからだが、気《き》づいたら動《うご》いていた。

まわりの景色《けしき》がゆれる。

みんなの視線《しせん》を置《お》いて、あしが動《うご》く。わたし（霧島《きりしま》くん）へと向《む》かって。

キラくんだけは、霧島《きりしま》くん（わたし）の動《うご》きを目《め》で追《お》っていたけれど、そのうでの中《なか》からわたし（霧島《きりしま》くん）をうばいとっても、抗《あらが》うことはなかった。

おもしろいものを見《み》たというように、少《すこ》しだけ口《くち》のはしをあげたように見《み》えたけれど。

そのままわたしは勢《いきお》いにまかせて、自分《じぶん》の額《ひたい》に思《おも》いきり口《くち》づけた。

（霧島《きりしま》くんがピンチのときは、わたしが助《たす》けるんだ――!!）

そんな思《おも》いで必死《ひっし》だった。

気《き》がつけばわたしの視界《しかい》は、霧島《きりしま》くんのとまどった顔《かお》で、いっぱいになっていた。

（き、霧島《きりしま》くん――!?　近《ちか》いっ！）

ぐいっと霧島《きりしま》くんの胸《むね》を押《お》して、あわてて離《はな》れると、霧島《きりしま》くんもハッとわれに返《かえ》ったようにからだをはなした。

「日向《ひなた》……？　もとに戻《もど》ったのか!?」

「あ！　本当《ほんとう》だ！　霧島《きりしま》くんが目《め》の前《まえ》にいるってことは、戻《もど》ってる!?」

まわりのみんなはポカンとしてる。

本気《ほんき》の霧島《きりしま》くんのスピードは人間《にんげん》の目《め》には追《お》えない。

だからまわりの人《ひと》はなにが起《お》こったのかわかってないようだった。

(やったあ……！　戻《もど》れたんだ！)

わたしが感激《かんげき》にひたっていると、霧島《きりしま》くんの首《くび》の後《うし》ろを、コウ先輩《せんぱい》がグッとつかんだ。

「おい、セイ。なにぬけがけしてんだてめえ」

「へっ？　お、おれじゃないだろ。さっきまでのはおれじゃなかったんだから！」

どうやらコウ先輩《せんぱい》は霧島《きりしま》くん(わたし)が、わたし(霧島《きりしま》くん)の額《ひたい》に勝手《かって》にキスしたことにおこってるらしい。

(勝手《かって》にキスしたのはわたしなのに、霧島《きりしま》くんがおこられちゃってる！)

「うるせー。さんざん逃《に》げまわっておいて、いいとこだけ持《も》ってくんじゃねーよ」

「ちょ、ちょっとコウ先輩《せんぱい》！　さっきまではわたしが霧島《きりしま》くんだったんだから、霧島《きりしま》くんにおこるのは、おかしいです！」

今《いま》にも霧島《きりしま》くんを投《な》げとばしそうなコウ先輩《せんぱい》のうでにしがみつくと、コウ先輩《せんぱい》はじっとわたしを見《み》つめて言《い》った。

「……なんでセイにキスしたの？」

不満《ふまん》そうな顔《かお》で聞《き》かれて、わたしはかーっと顔《かお》が熱《あつ》くなった。

(あらためて聞《き》かれると、めちゃくちゃ恥《は》ずかしいんだけど!!)

「なんでって……」

(えぇー!?　これ、答《こた》えなくちゃいけない質問《しつもん》なのかな……)

そう思《おも》って逃《に》げだしたくなったけれど、みんなわたしたちに注目《ちゅうもく》していた。

チラッと見《み》ると霧島《きりしま》くんの目元《めもと》も赤《あか》く染《そ》まって、居心地《いごこち》が悪《わる》そうな表情《ひょうじょう》をしている。

答《こた》えないとこの場《ば》がおさまりそうにない。

わたしは大《おお》きく息《いき》を吸《す》って、思《おも》いきって答《こた》えた。

「は、はやくもとに戻《もど》りたかったし、霧島《きりしま》くんが困《こま》ってるように見《み》えたから……。いつも守《まも》ってもらってるから、今《いま》、霧島《きりしま》くんを助《たす》けるのは、わたしでありたいって思《おも》ったんです！」

「日向《ひなた》……」

霧島《きりしま》くんがわたしの名前《なまえ》をつぶやくように呼《よ》んだけれど、恥《は》ずかしくて霧島《きりしま》くんの顔《かお》は見《み》られなかった。

（べ、べつに変《へん》なことなんて言《い》ってないはず！　それなのになんでこんなに恥《は》ずかしいのー！）

「そっかー。美羽《みう》はやさしいもんね。セイのことが好《す》きだからとか言《い》いださなくてよかったー」

コウ先輩《せんぱい》が明《あか》るく言《い》ったから、わたしはもっと恥《は》ずかしくなった。

「そ、そんなこと言《い》うはずないじゃないですか！　もう！」

自分《じぶん》の気持《きも》ちを正直《しょうじき》に言《い》うだけでこんなに恥《は》ずかしいのに、好《す》きだからとかそんな言葉《ことば》を、かんたんに口《くち》に出《だ》せるわけない！

顔《かお》を赤《あか》くしていると、こちらを見《み》ているキラくんと目《め》が合《あ》った。

「なかなか、おもしろい余興《よきょう》だったな」

キラくんがそう言《い》うと、リオンくんとテオくんの顔《かお》がパッとかがやいた。

「で、ですよね！　グミの効果《こうか》の消失《しょうしつ》も目《め》の前《まえ》でたしかめられたし！」

「用《よう》もすんだし、さっさと帰《かえ》りましょう！」

キラくんにウソの報告《ほうこく》をしようとしたことをとがめられなくて、ホッとしてるみたいだった。

キラくんがリオンくんとテオくんにうながされるままに校門《こうもん》から出《で》ようとしているのを見《み》て、アイルくんとノエルくんもホッと息《いき》をついているのが見《み》えた。

不思議《ふしぎ》なグミを持《も》ちだした本人《ほんにん》たちだから、キラくんがおこらないか、心配《しんぱい》していたんだと思《おも》う。

（余興《よきょう》どころじゃなくて、こっちは必死《ひっし》だったんですけどー！）

キラくんに言《い》いかえしたかったけれど、こわくて言《い》えなかったから、すんなり帰《かえ》ってくれて、わたしもホッとした。

（キラくんはわたし（霧島《きりしま》くん）を捕《つか》まえてどうする気《き》だったんだろう。まさか本当《ほんとう》にキラくんがキスしようとしたわけじゃないよね……？　中身《なかみ》が霧島《きりしま》くんのわたしの血《ち》を飲《の》んでみようと思《おも》ったとか……？）

そう考《かんが》えて、赤《あか》くなったり青《あお》くなったりするわたしの横《よこ》に、いつの間《ま》にかレン先輩《せんぱい》が立《た》っていた。

「もとに戻《もど》れてよかったな」

「は、はい。それはもう、本当《ほんとう》に！」

「もしも」

「はい？」

「もしも入《い》れかわったのがセイじゃなくて、僕《ぼく》だったとしたら、それでも美羽《みう》は同《おな》じ行動《こうどう》を……」

「へ？」

「いや、なんでもない。ユノ。この場《ば》にいる人間《にんげん》の記憶《きおく》を消《け》せるか？」

レン先輩《せんぱい》は最後《さいご》まで言《い》わずに、ユノちゃんに話《はな》しかけた。

「これぐらいの人数《にんずう》なら余裕《よゆう》だよー」

ユノちゃんのからだからピンク色《いろ》の霧《きり》が立《た》ちのぼってあたりを包《つつ》む。

騒《さわ》ぎを見守《みまも》っていた生徒《せいと》たちが、ぼんやりとした表情《ひょうじょう》になるのを見《み》ながら、わたしはレン先輩《せんぱい》の言《い》ったことを考《かんが》えていた。

（——入《い》れかわったのが霧島《きりしま》くんじゃなくて、レン先輩《せんぱい》だったらどうするかってこと？）

「レン先輩《せんぱい》になれたら、氷《こおり》を作《つく》りだしてみたいです！　それから、庭《にわ》のバラ園《えん》に花《はな》を咲《さ》かせてみたいです！」

わたしが思《おも》いつくままに言《い》うと、答《こた》えが返《かえ》ってくると思《おも》っていなかったのか、レン先輩《せんぱい》はポカンとしていた。

「あとピアノを弾《ひ》いてみたいです！　あ、中身《なかみ》がわたしだとピアノは上手《じょうず》に弾《ひ》けないのかな……。あんなにきれいな音色《ねいろ》を、自分《じぶん》の指《ゆび》でつくりだせたらすてきなのになあ」

真剣《しんけん》に話《はな》していると、空気《くうき》がフッとゆるんで、レン先輩《せんぱい》が笑《わら》ったような気《き》がした。

「……そういうことを聞《き》いたわけじゃ、なかったんだが」

（えっ、ちがった？　恥《は》ずかしい……！　じゃあ、なにが聞《き》きたかったんだろう？）

「うわ、遅刻《ちこく》するぞ！　おれの無遅刻《むちこく》、無欠席《むけっせき》のかがやかしい記録《きろく》に傷《きず》がつく！」

そう言《い》って走《はし》りだしたアイルくんに、ノエルくんがあわててついていく。

「おーおー。真面目《まじめ》だねえ、アイルは。遅刻《ちこく》ぐらいであせっちゃって」

コウ先輩《せんぱい》は遅刻《ちこく》しても平気《へいき》だと思《おも》っているらしく、あせる様子《ようす》がない。

するといつの間《ま》にか、足元《あしもと》にきていたアモルが、大声《おおごえ》で鳴《な》いた。

「キィィー！」

「うわ、うるせ」

「はやくいけと言《い》ってるみたいだな」

アモルは霧島家《きりしまけ》の使《つか》い魔《ま》の黒《くろ》いミンクだ。

霧島《きりしま》くんのお父《とう》さんの命令《めいれい》で、霧島《きりしま》三兄弟《きょうだい》が学園《がくえん》で悪《わる》さをしないように見張《みは》っているんだよ。

だから遅刻《ちこく》するわけにはいかない！

「アモルが親父《おやじ》に報告《ほうこく》するとやっかいだから、おれらも走《はし》ろうぜ」

そう言《い》って霧島《きりしま》くんがわたしをうながす。

「うん！」

わたしも走《はし》りだした。

「じゃあ、わたしたちもいこ！」

メアちゃんにうながされたカイトくんも、

「朝《あさ》から走《はし》るとかダルいんだけど」

と文句《もんく》を言《い》いながらもメアちゃんにうでを引《ひ》かれて、わたしたちといっしょに走《はし》りだした。

わたしはさっき霧島《きりしま》くんのからだで走《はし》ったときみたいには、はやく走《はし》れない自分《じぶん》に気《き》がついた。

だけど霧島《きりしま》くんもみんなも、そんなわたしに合《あ》わせた速度《そくど》で走《はし》ってくれている。

(もとに戻《もど》れてよかったなあ……)

やっぱりわたしの前《まえ》を走《はし》るのは霧島《きりしま》くんであってほしいし、わたしはわたしのままでいたい。

そう思《おも》いながら、みんなで校舎《こうしゃ》へと向《む》かった。

「霧島《きりしま》くん」シリーズ

初期《しょき》キャラデザ大公開《だいこうかい》!!

Vol. 3

セイ編《へん》

選《えら》ばれたのはどのセイ？

（答《こた》えはこのページの下《した》にあるよ）

※vol.1美羽《みう》編《へん》は第《だい》8弾《だん》に、
vol.2レン編《へん》は第《だい》10弾《だん》にあるよ！

1

2

3

正解《せいかい》は1でした！

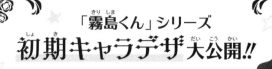

不《ふ》思《し》議《ぎ》な花《はな》が光《ひか》ると、
心《こころ》の声《こえ》が聞《き》こえる？
レンは、美羽《みう》の
本《ほん》心《しん》を知《し》るのが
こわくて…!?

第《だい》2話《わ》 レン先《せん》輩《ぱい》と金《きん》色《いろ》の花《はな》

1

魔《ま》界《かい》でひろった花《はな》の種《たね》

魔《ま》界《かい》に自《じ》生《せい》している植《しょく》物《ぶつ》の中《なか》には、不《ふ》思《し》議《ぎ》な効《こう》力《りょく》を持《も》つものもある。

ほれ薬《ぐすり》の材《ざい》料《りょう》になったり、その解《げ》毒《どく》薬《やく》になったり。

僕《ぼく》たちヴァンパイアも、全《ぜん》部《ぶ》の効《こう》力《りょく》を知《し》っているわけじゃない。

――植《しょく》物《ぶつ》を育《そだ》てるのが好《す》きな、僕《ぼく》でさえも。

僕《ぼく》の名《な》前《まえ》は霧《きり》島《しま》蓮《れん》。

ヴァンパイアの両《りょう》親《しん》から生《う》まれた、純《じゅん》血《けつ》のヴァンパイアだ。

家《いえ》を出《で》ていった母《はは》親《おや》が、バラが好《す》きだったからという単《たん》純《じゅん》な理《り》由《ゆう》で、最《さい》初《しょ》はバラの花《はな》を育《そだ》てていた。

そのうちにさまざまな植《しょく》物《ぶつ》を育《そだ》てるようになったんだ。

中《なか》には魔《ま》界《かい》でひろってきた種《たね》から花《はな》を咲《さ》かせた植《しょく》物《ぶつ》もある。

Ren《レン》

ついこの間《あいだ》も魔界《まかい》から帰《かえ》るときに、見《み》たことがない種《たね》を見《み》つけてひろってきた。庭《にわ》のバラ園《えん》でこっそり育《そだ》てたその種《たね》が、今日《きょう》の朝《あさ》気《き》づいたら花《はな》を咲《さ》かせているのに気《き》づいた。

つりがね草《そう》のような金色《きんいろ》のそれは、ベルのようにも見《み》えた。

(金色《きんいろ》の花《はな》なんてめずらしい。美羽《みう》に見《み》せてやろう)

僕《ぼく》はすぐにそう思《おも》った。

人間《にんげん》の美羽《みう》は、金《きん》の花《はな》なんて見《み》たことがないだろう。

見《み》せたらきっと、喜《よろこ》ぶだろうって。

花《はな》を一輪《りんも》持《も》って家《いえ》に戻《もど》ると、ダイニングで長男《ちょうなん》のコウが、昼食《ちゅうしょく》のパスタを皿《さら》に盛《も》りつけているところだった。

入《はい》ってきた僕《ぼく》と目《め》が合《あ》うと、コウはなぜかサッと視線《しせん》をそらした。

(ん？)

違和感《いわかん》をおぼえる僕《ぼく》をごまかすように、コウが明《あか》るく言《い》った。

「あ、レンちょうどよかった。昼飯《ひるめし》できたからセイたち呼《よ》んできてよ。ところでもしかしておまえ、庭《にわ》のバラ園《えん》いってた？」

饒舌《じょうぜつ》にしゃべりながら、うかがうようにチラチラとこちらを見《み》ている。

(なにか後《うし》ろめたいことがあるな、こいつ。なにを考《かんが》えているのやら)

コウは喜《よろこ》んだりおこったりと、感情《かんじょう》の起伏《きふく》は激《はげ》しいくせに、なにを考《かんが》えてるのか読《よ》めないところがある。

だから僕《ぼく》はいつものことだと、とくに追及《ついきゅう》する気《き》にはならなかった。

(あれ、花《はな》が光《ひか》ってる……？)

手《て》の中《なか》の花《はな》はもとから金色《きんいろ》だったけれど、それが発光《はっこう》するようにキラキラとかがやいていた。

きれいだなと思《おも》ったその瞬間《しゅんかん》、不意《ふい》にコウの声《こえ》が聞《き》こえてきた。

『やべえ。レンのやつバラ園《えん》にいってたな？　おれがサッカーボールでバラ園《えん》のすみっこ破壊《はかい》したこと、バレてないかな？』

「――は？」

言《い》われた内容《ないよう》に、信《しん》じられない思《おも》いでコウを見《み》た。

(いかにもコウがやりそうなことだけれど、それをわざわざ自白《じはく》するなんて、どういう風《かぜ》のふきまわしだ？)

コウがしゃべったのかと思《おも》ったけれど、コウ本人《ほんにん》はそしらぬ顔《かお》で、グラスを棚《たな》から出《だ》している。

どうやらコウが話《はな》したわけじゃなさそうだ。

(……コウはしゃべっていない。それにまるで、頭《あたま》の中《なか》に声《こえ》が流《なが》れこんでくるようだった)

手《て》の中《なか》の花《はな》をじっと見《み》つめる。

魔界《まかい》の植物《しょくぶつ》には不思議《ふしぎ》な力《ちから》を持《も》つものも多《おお》い。

だからこの花《はな》の効力《こうりょく》なんだろうということは、かんたんに予測《よそく》できた。

(他人《たにん》の心《こころ》の声《こえ》が聞《き》こえる効果《こうか》があるのか。興味深《きょうみぶか》いな)

――しかし、僕《ぼく》の大切《たいせつ》なバラ園《えん》を破壊《はかい》したことは聞《き》き流《なが》せない。

ものごころついたころ、バラ園《えん》がなくなったら、離婚《りこん》して出《で》ていった母《はは》が帰《かえ》る場所《ばしょ》がなくなってしまうんじゃないかと僕《ぼく》は本気《ほんき》で思《おも》っていた。

もう僕《ぼく》は、母親《ははおや》が家《いえ》に戻《もど》ってくることはたぶんないだろうとわかっているけれど、それでも母親《ははおや》が大切《たいせつ》にしていた透明《とうめい》なグランドピアノとバラ園《えん》を手放《てばな》せないでいる。

コウなんて母親《ははおや》が出《で》ていってすぐに、おこってグランドピアノを捨《す》てようとしたぐらいなのに。

いつの間《ま》にか僕《ぼく》は母《はは》が愛《あい》したピアノとバラを、同《おな》じように好《す》きになってしまったんだ。

僕《ぼく》はコウに向《む》かって冷《つめ》たく言《い》った。

「セイたちを呼《よ》んでくる。とりあえずコウ、おまえは食《た》べおわったら、バラ園《えん》をもとどおりにしておけ。さもないとおまえのサッカーボールは永久凍土《えいきゅうとうど》で氷《こおり》づけだ」

コウの目《め》が、まんまるになった。

それを見《み》て僕《ぼく》は少《すこ》し、おもしろさを感《かん》じた。

しゃべっていないのに、バラ園《えん》を破壊《はかい》したことがバレて、驚《おどろ》いているんだろう。

(コウのビックリした顔《かお》……みものだったな)

僕《ぼく》が呼《よ》びかけると、セイとユノ、それから美羽《みう》が部屋《へや》からダイニングテーブルに集《あつ》まってきた。

父《とう》さんは仕事《しごと》でいなかった。

僕《ぼく》の父親《ちちおや》は作家《さっか》の仕事《しごと》をしているから、僕《ぼく》たちの学校《がっこう》が休《やす》みの日曜日《にちようび》でも、変《か》わらずにいそがしくしている。

今日《きょう》は取材《しゅざい》があるとかで、どこかへ出《で》かけていた。

「わあ、カルボナーラだ！　おいしそう！　コウ先輩《せんぱい》が作《つく》ったんですか？　すごい！」

美羽《みう》はパスタを目《め》にして、目《め》をかがやかせている。

コウはそれを見《み》て、得意《とくい》げに言《い》った。

「うん。この間《あいだ》、調理実習《ちょうりじっしゅう》で作《つく》ったんだ。自信作《じしんさく》だから食《た》べてみて」

みんなで食《た》べはじめて、僕《ぼく》もパスタを口《くち》にする。

コウが自信《じしん》があると言《い》うだけあって、おいしかった。

美羽《みう》もコウに笑顔《えがお》を向《む》けて言《い》った。

「おいしいです！　コウ先輩《せんぱい》は料理上手《りょうりじょうず》ですね!!」

（美羽《みう》はこのパスタが好《す》きなのか。それにしてもコウのやつ、まじめに授業《じゅぎょう》を受《う》けている

とは意外《いがい》だったな)

コウが料理《りょうり》が好《す》きかといえば、そんなことはないと思《おも》う。僕《ぼく》の家《いえ》は父《とう》さんがいそがしかったり、不在《ふざい》なことが多《おお》いから、子《こ》どもたちで家事《かじ》を回《まわ》しているだけだ。

コウを見《み》ていると、また目《め》が合《あ》った。

すると手《て》の中《なか》の花《はな》がかがやいて、コウの思考《しこう》が頭《あたま》に流《なが》れこんでくる。

『クラスの女子《じょし》がみんな好《す》きだったんだよね、カルボナーラ。だから美羽《みう》も好《す》きなんじゃないかなって思《おも》ったんだ。まじめに作《つく》り方《かた》おぼえておいてよかったー。笑顔《えがお》で食《た》べてる美《み》羽《う》かわいい』

パキッ。

動揺《どうよう》して反対《はんたい》の手《て》で持《も》ってるグラスの水《みず》が凍《こお》ってしまった。

(目《め》が合《あ》ったとたんに、コウの心《こころ》の声《こえ》が聞《き》こえてきた……？)

さいわいみんなにはバレていないようだったから、持《も》っていたグラスをそっとテーブルの下《した》へとかくした。

目《め》をふせて凍《こお》らせる能力《のうりょく》をそっと解除《かいじょ》していると、コウの声《こえ》が聞《き》こえてきた。

「子猫《こねこ》ちゃんが笑顔《えがお》で食《た》べてくれるなら、がんばったかいがあったなー」

今度《こんど》はコウはちゃんと口《くち》でしゃべっている。

（こいつ、心《こころ》の声《こえ》としゃべってる内容《ないよう》がほぼ連動《れんどう》してる……！　なんて素直《すなお》なやつなんだ！）

僕《ぼく》は内心驚《ないしんおどろ》いていた。

いろいろと考《かんが》えて、結局口《けっきょくくち》に出《だ》すのをやめてしまう僕《ぼく》とはおおちがいだ。

コウの素直《すなお》さがまぶしかった。

2 みんなの心《こころ》の声《こえ》

「わたしたちの調理実習《ちょうりじっしゅう》はお好《この》み焼《や》きなんだって。霧島《きりしま》くんはお好《この》み焼《や》きって、食《た》べたことある？」

美羽《みう》が楽《たの》しそうにセイに話《はな》しかけている。

美羽《みう》とセイ、そしてユノは同学年《どうがくねん》で同《おな》じクラスだから、仲《なか》がいい。

僕《ぼく》も美羽《みう》と同《おな》じクラスだったら、学園生活《がくえんせいかつ》はもっと楽《たの》しいものになっていたんだろうかなどと意味《いみ》のないことを考《かんが》えていた。

(調理実習《ちょうりじっしゅう》なんて僕《ぼく》はまじめに受《う》けたことがないな)

僕《ぼく》たちヴァンパイアは血《ち》を飲《の》んでいれば、人間《にんげん》の食事《しょくじ》を摂取《せっしゅ》しなくても生《い》きていけるんだ。

だから美羽《みう》といっしょに生活《せいかつ》するようになるまで、僕《ぼく》たちは人間《にんげん》の世界《せかい》の料理《りょうり》というものにたいして興味《きょうみ》がなかった。

たぶんコウが一番《いちばん》、興味《きょうみ》がなかったはずだ。

美少女《びしょうじょ》の血《ち》を飲《の》むのが大好《だいす》きなコウは、父《とう》さんに大目玉《おおめだま》をくらうまで、ここに引《ひ》っ越《こ》してきてからもときどき人間《にんげん》の血《ち》を飲《の》んでいたんだから。

けれどそんなコウも美羽《みう》と出会《であ》ってから、少《すこ》しずつ変《か》わってきた。

美羽《みう》と暮《く》らしていると、知《し》らない料理《りょうり》の味《あじ》をたくさん知《し》ることができる。

僕《ぼく》は知《し》らないものを知《し》ることが好《す》きなので、実《じつ》はそれも美羽《みう》と知《し》りあって、楽《たの》しいと思《おも》うことのひとつだった。

そんなささいなこともきっと僕《ぼく》は言《い》えずに、美羽《みう》はずっと知《し》らないままだろうけれど。

セイは思《おも》いだすように首《くび》をかしげながら言《い》った。

「お好《この》み焼《や》き？　食《た》べたことない。たぶん」

「本当《ほんとう》？　お好《この》み焼《や》きおいしいよ！　わたしも作《つく》り方《かた》をおぼえて、コウ先輩《せんぱい》とレン先輩《せんぱい》にも食《た》べてもらいたいな」

楽《たの》しそうな美羽《みう》を見《み》ていると、となりに座《すわ》るセイと目《め》が合《あ》った。

金色《きんいろ》の花《はな》が手《て》の中《なか》で光《ひか》って、今度《こんど》はセイの思考《しこう》が頭《あたま》に流《なが》れこんでくる。

『日向《ひなた》って料理《りょうり》作《つく》るの好《す》きなくせに、不器用《ぶきよう》なところあるから、包丁《ほうちょう》で指《ゆび》を切《き》ったりしないか心配《しんぱい》だな……。あの血《ち》のにおいをかいだら、おれの理性《りせい》が飛《と》びそうになるから、気《き》をつけないと。おれがもっとしっかり日向《ひなた》を守《まも》らなきゃ』

僕《ぼく》はやれやれと息《いき》をついた。

セイはふだんから美羽《みう》を心配《しんぱい》するような言葉《ことば》を口《くち》にしているけれど、頭《あたま》の中《なか》でも美羽《みう》の心配《しんぱい》ばかりしている。

ご苦労《くろう》なことだ。

（セイは美羽《みう》の血《ち》のにおいをかいでも大丈夫《だいじょうぶ》になったのかと思《おも》っていたけれど、本当《ほんとう》はがんばってガマンしていたんだな……）

そう思《おも》うと少《すこ》しばかり、弟《おとうと》を見直《みなお》してしまう。

だって美羽《みう》の血《ち》は、この世《よ》のどんなすばらしいごちそうよりもおいしそうなにおいがするのだ。

美羽《みう》の血《ち》を口《くち》にしたことはないけれど、セイが甘《あま》くておいしいと言《い》っていた。

きっと極上《ごくじょう》の味《あじ》がするんだろう。

ヴァンパイアならだれでも、一度《いちど》は飲《の》んでみたいと思《おも》うような。

そのにおいは強烈《きょうれつ》な誘惑《ゆうわく》であるはずだけど、そのたびに飲《の》みたい衝動《しょうどう》をガマンしている
セイのことを素直《すなお》にえらいなと感心《かんしん》した。

(セイは頭《あたま》の中《なか》で美羽《みう》をかわいいと言《い》ったりはしないんだな)

なぜかそのことにホッとしてセイを見《み》ていると、向《む》こうは不思議《ふしぎ》そうに僕《ぼく》を見《み》て言《い》った。

「どうしたレン。体調《たいちょう》でも悪《わる》いのか？」

『レンが無口《むくち》なのはいつものことだけれど、なんだか今日《きょう》は様子《ようす》がおかしい。こいつは体《たい》調《ちょう》が悪《わる》くても素直《すなお》に言《い》わなそうだから、注意《ちゅうい》して見《み》ないと』

「い、いや。なんでもない」

自分《じぶん》のことまで心配《しんぱい》されて、居心地《いごこち》が悪《わる》くなった僕《ぼく》は、セイから目《め》をそらした。

(どうやら目《め》が合《あ》った相手《あいて》の心《こころ》の声《こえ》が聞《き》こえるらしい)

セイから目線《めせん》をずらしたせいで、今度《こんど》はユノと目《め》が合《あ》ってしまった。

とたんにユノの思考《しこう》が頭《あたま》の中《なか》に流《なが》れこんでくる。

『今日《きょう》のアイミィにあげる動画《どうが》なににしよっかな。セイとまたデートにいきたいなー。インフルエンサーとしての案件《あんけん》がないか、マネージャーに聞《き》いてみよっと』

（こ、こいつ！　みんなの話題《わだい》と全然《ぜんぜん》ちがうこと考《かんが》えてやがる！）

さすが自己中心的《じこちゅうしんてき》なユノだ。

マイペースすぎる。

けれどユノの頭《あたま》の中《なか》はいついかなるときでも、セイのことでいっぱいらしい。

逆《ぎゃく》に感心《かんしん》してしまう。

どれだけセイが好《す》きなんだ。

僕《ぼく》は視線《しせん》をテーブルへと落《お》とした。

なんだか美羽《みう》と目《め》が合《あ》うのが気《き》まずかったからだ。

そんなわけはないと思《おも》いながらも、もしも美羽《みう》の思考《しこう》が頭《あたま》の中《なか》に流《なが》れこんできて、僕《ぼく》を悪《わる》く思《おも》っているのを知《し》ってしまったら……なんて考《かんが》えてしまう僕《ぼく》は、どうしようもない臆《おく》病者《びょうもの》だ。

僕《ぼく》がそんな気持《きも》ちになるのは美羽《みう》だけだけれど。

それがなぜなのかわからなくて、少《すこ》し息苦《いきぐる》しい。

「うわ、アモル！」

突然《とつぜん》アモルが、僕《ぼく》のひざの上《うえ》にピョンと飛《と》びのってきた。

不意《ふい》うちをくらって、アモルの真《ま》っ黒《くろ》な瞳《ひとみ》と目《め》が合《あ》ってしまう。

『チョコがほしいー！　レン！　チョコ、チョコちょうだい！』

（う、うるさい……。アモルの心《こころ》の声《こえ》大《おお》きいな……）

使《つか》い魔《ま》の心《こころ》の声《こえ》まで聞《き》こえるとは、驚《おどろ》きだ。

アモルの頭《あたま》の中《なか》は、チョコレートを食《た》べたいという欲求《よっきゅう》でいっぱいだった。

「アモル、食事中《しょくじちゅう》にひざに乗《の》ったらダメだと何度《なんど》も教《おし》えただろう。降《お》りろ」

アモルはペットじゃない。

霧島家《きりしまけ》の使《つか》い魔《ま》だ。

だから僕《ぼく》の言《い》うことを理解《りかい》できているはずなのに、アモルは僕《ぼく》のひざから降《お》りると今度《こんど》は美羽《みう》のほうへと駆《か》け寄《よ》った。

「おい、アモル」

アモルをたしなめようと視線《しせん》で追《お》いかけると、美羽《みう》と目《め》が合《あ》ってしまった。

しまったという感情《かんじょう》が顔《かお》に出《で》ていたんだろう。

美羽《みう》が不思議《ふしぎ》そうに首《くび》をかしげて僕《ぼく》の名前《なまえ》を呼《よ》んだ。

「レン先輩《せんぱい》？」

美羽《みう》のかがやく黒《くろ》の瞳《ひとみ》が僕《ぼく》を見《み》つめる。

僕《ぼく》はあせって視線《しせん》をそらした。

目《め》が合《あ》ったからといって、僕《ぼく》の感情《かんじょう》が美羽《みう》に伝《つた》わるわけじゃないのに。

ドクドクと心臓《しんぞう》が脈《みゃく》うっている。

なぜこんなに鼓動《こどう》がはやいんだろう。

僕《ぼく》は動揺《どうよう》を美羽《みう》に知《し》られてはいけない気《き》がした。

いったん目《め》が合《あ》ってしまったから、美羽《みう》の思考《しこう》が僕《ぼく》の頭《あたま》に流《なが》れこんできた。

『レン先輩《せんぱい》、たしかに様子《ようす》がちょっとおかしいかも。霧島《きりしま》くんが言《い》うように体調《たいちょう》が悪《わる》いのかな？　心配《しんぱい》だな。みんなの前《まえ》じゃ、しんどいって言《い》いづらいのかもしれない。後《あと》でこっそり聞《き》いてみようかな』

美羽《みう》が僕《ぼく》を心配《しんぱい》している。

頭《あたま》の中《なか》が僕《ぼく》のことでいっぱいだ。

――セイでもコウでもなく。

そう理解《りかい》した瞬間《しゅんかん》、僕《ぼく》はなぜかとても満《み》たされた気《き》持《も》ちになった。

あたたかいなにかが心《こころ》の底《そこ》からあふれてくる。

(そうだ、この感《かん》じ。美羽《みう》のそばにいると感《かん》じるこの感情《かんじょう》。だから美羽《みう》のそばは居心地《いごこち》がいいんだ)

そしてこの感情《かんじょう》をひとりじめしたいと思《おも》ってしまう。

美羽《みう》がこうして意識《いしき》を向《む》けるのが、自分《じぶん》だけであればいいのに。

『レン先輩《せんぱい》の今日《きょう》着《き》ている水色《みずいろ》のシャツ。似合《にあ》っててかっこいいなあ』

「――えっ!」

不意《ふい》にまた美羽《みう》の思考《しこう》が頭《あたま》の中《なか》に流《なが》れこんできた。

バキン。

テーブルの下《した》に持《も》っていた水《みず》が、今度《こんど》はグラスごと凍《こお》りつく。

ついでに反対《はんたい》の手《て》の中《なか》にあった、あの不思議《ふしぎ》な花《はな》を落《お》としてしまった。

「しまった……」

テーブルの下《した》のグラスを見《み》つめていると、美羽《みう》が目《め》ざとく落《お》ちた花《はな》に気《き》づいてひろいあげた。

「わあー、この花《はな》どうしたんですか⁉　きれーい」

「ま、待《ま》て。返《かえ》すんだ」

「え？　どうしたんですか？」

花《はな》を手《て》に不思議《ふしぎ》そうな顔《かお》をする美羽《みう》と、バッチリ目《め》が合《あ》ってしまった。

（——まずい！）

僕《ぼく》はとっさにそう思《おも》った。

美羽《みう》の手《て》の中《なか》で花《はな》がキラキラかがやいているのが見《み》えた。

「え？　まずいって、なにがですか？」

どっと冷《ひ》や汗《あせ》がでた。

美羽《みう》のこの反応《はんのう》からして、僕《ぼく》の心《こころ》の声《こえ》が美羽《みう》に聞《き》こえたにちがいない。

「レンどうかしたの？」
コウとセイも不思議《ふしぎ》そうに僕《ぼく》たちのやりとりをながめている。
僕《ぼく》はグッと目《め》を閉《と》じると、心《こころ》に念《ねん》じた。
（――無《む》だ。僕《ぼく》の心《こころ》は無《む》！）
美羽《みう》に変《へん》な心《こころ》の声《こえ》を聞《き》かれるわけにはいかない。
全集中《ぜんしゅうちゅう》して雑念《ざつねん》を追《お》いはらっていると、手《て》にふわっと柔《やわ》らかい感触《かんしょく》があった。
驚《おどろ》いて目《め》を開《あ》けると、金色《きんいろ》の花《はな》が手《て》の中《なか》にあった。
美羽《みう》が僕《ぼく》の手《て》をとって、花《はな》を返《かえ》してくれたらしかった。
目《め》の前《まえ》で美羽《みう》がほほえんでいる。
僕《ぼく》の心臓《しんぞう》が跳《は》ねた。
「はい、レン先輩《せんぱい》。返《かえ》しました」
そう言《い》って見《み》つめてくる美羽《みう》に、僕《ぼく》の鼓動《こどう》は加速《かそく》しだした。
（――かわいい）
美羽《みう》の笑顔《えがお》を見《み》たら、勝手《かって》に頭《あたま》の中《なか》に浮《う》かんでしまった。

「レン先輩《せんぱい》？　いったいどうしたんですか？」
（――しまった……！）
はためにもわかるくらい、僕《ぼく》の肩《かた》がビクッとふるえた。
（今《いま》の心《こころ》の声《こえ》を聞《き》かれてしまっていたら、僕《ぼく》は――……）
どうしたらいいのか、わからない。
こんな風《ふう》に途方《とほう》に暮《く》れるのは初《はじ》めてだった。
今《いま》まで知識《ちしき》と経験《けいけん》があれば、なんでも解決《かいけつ》できると思《おも》っていたのに。
美羽《みう》にだけは、どうやって向《む》きあえばいいのかわからない。
けれど僕《ぼく》が頭《あたま》でそう思《おも》ったときには、美羽《みう》の手《て》は花《はな》から離《はな》れていた。
美羽《みう》の態度《たいど》に変化《へんか》が見《み》られなかったから、僕《ぼく》は心《こころ》の声《こえ》を聞《き》かれずにすんだとわかって
ホッとした。
（みんなの心《こころ》を勝手《かって》に聞《き》いておいて、こんな風《ふう》に思《おも》う僕《ぼく》はひきょうだな）
真実《しんじつ》を言《い》えない僕《ぼく》は、心配《しんぱい》してくれるみんなに罪悪感《ざいあくかん》をおぼえながら、
「いや……、なんでもない。体調《たいちょう》も悪《わる》くない」

と小《ちい》さな声《こえ》で返《かえ》すしかなかった。

(――やっぱり他人《たにん》の思考《しこう》なんて、聞《き》くものじゃない)

僕《ぼく》はそう思《おも》った。

特《とく》に美羽《みう》が関係《かんけい》すると、なぜだかとても自分《じぶん》を乱《みだ》してしまう。

僕《ぼく》は手《て》の中《なか》の花《はな》をハンカチで包《つつ》んで、そっとポケットにしまった。

ヴァンパイアの血《ち》は生命力《せいめいりょく》のかたまりだから、僕《ぼく》が血《ち》をわけあたえれば、この花《はな》をまた地面《じめん》に生《は》えた状態《じょうたい》に戻《もど》すことができる。

花《はな》に罪《つみ》はないのだから、戻《もど》しておこう。

そしてバラ園《えん》のすみでひっそりと育《そだ》てて、花《はな》の効果《こうか》は言《い》わないでおこう。

僕《ぼく》はそう心《こころ》の中《なか》で誓《ちか》うと、みんなとの昼食《ちゅうしょく》を楽《たの》しむことにした。

年《ねん》に一度《いちど》の安息日《あんそくび》！
アモルは大好《だいす》きな
美羽《みう》のために、
魔界《まかい》でプレゼントを
探《さが》して…!?

第《だい》3話《わ》 アモルとラヴとソフィア ～使《つか》い魔《ま》たちの休日《きゅうじつ》～

1 使《つか》い魔《ま》たちの安《あん》息《そく》日《び》

「それじゃ、アモル。気《き》をつけていってくるんだよ」

「キュッ」

声《こえ》をかけてくれるご主人様《しゅじんさま》に、元気《げんき》に返事《へんじ》をして、ぼくは魔界《まかい》へ続《つづ》く鏡《かがみ》を通《とお》った。

ぼくの名前《なまえ》はアモル。

黒《くろ》いミンクの使《つか》い魔《ま》だ。

ふだんは霧島家《きりしまけ》の当主《とうしゅ》に仕《つか》えて、みんなを守《まも》ってる。

今日《きょう》は安息日《あんそくび》っていって、年《ねん》に一回《いっかい》の使《つか》い魔《ま》たちのお休《やす》みの日《ひ》なんだ！

ご主人様《しゅじんさま》と契約《けいやく》している使《つか》い魔《ま》は、ふだんは勝手《かって》にどこかへいったりはできないんだけれど、この日《ひ》だけは自由《じゆう》なんだよ。

多《おお》くの使《つか》い魔《ま》は、故郷《こきょう》へ里帰《さとがえ》りするんだ。

Amoru《アモル》

ぼくはその日《ひ》を利用《りよう》して魔界《まかい》へ帰《かえ》り、美羽《みう》へのプレゼントを探《さが》すことに決《き》めたんだ！

なぜかって？

それは美羽《みう》がこの間《あいだ》ぼくにプレゼントをくれたからだよ！

フェルトで作《つく》ったバッグで、からだにくくりつけられるようになってるんだ。

美羽《みう》がその中《なか》に、ぼくの大好物《だいこうぶつ》のチョコレートを入《い》れてくれた。

ぼくが里帰《さとがえ》りすることを知《し》ったから、友《とも》だちと食《た》べてねって入《い》れてくれたんだ！

こんなすばらしいものを持《も》ってる使《つか》い魔《ま》は、きっとぼくだけ。

美羽《みう》はぼくのご主人様《しゅじんさま》ではないけれど、僕《ぼく》が仕《つか》えている霧島家《きりしまけ》の当主《とうしゅ》よりも、当主《とうしゅ》の命令《めい》《れい》で守《まも》っている美羽《みう》のほうが、今《いま》ではいっしょに過《す》ごす時間《じかん》が長《なが》くて仲良《なかよ》しなんだ。


魔界《まかい》へ着《つ》くとすぐに、使《つか》い魔《ま》たちの住《す》む森《もり》へと向《む》かった。

ここで黒《くろ》ウサギのラヴと待《ま》ちあわせしてるんだ。

僕《ぼく》が待《ま》ちあわせ場所《ばしょ》に着《つ》くと、草《くさ》かげからラヴがピョンと、とびでてきた。

「アモル、ひさしぶり！　元気《げんき》だった？」

ラヴは美羽《みう》をねらってるヴァンパイアであるメアの使《つか》い魔《ま》なんだ。

ご主人様同士《しゅじんさまどうし》でいったら、ぼくとラヴは敵対関係《てきたいかんけい》だけれど、今日《きょう》は安息日《あんそくび》だから関係《かんけい》ない。

ラヴの本当《ほんとう》のすがたは、人《ひと》が乗《の》れるサイズの大《おお》きなうさぎだけれど、今《いま》はぼくよりちょっと大《おお》きいだけの普通《ふつう》のうさぎになっている。

敵《てき》になったらこわいけれど、ふだんのラヴはだれにでもやさしい、みんなのお姉《ねえ》ちゃんって感《かん》じなんだよ。

「うん。ぼくは元気《げんき》だよ。ラヴときみのご主人様《しゅじんさま》はどう？」

ぼくが聞《き》くと、ラヴはちょっと困《こま》ったように首《くび》をかしげた。

「あたしも元気《げんき》よ。メアも元気《げんき》だけれど、あいかわらずカイト兄《にい》に入《い》れこんで暴走中《ぼうそうちゅう》よ。想《おも》いが空回《からまわ》りしてるのが、見《み》ていて歯《は》がゆいわ」

「うーん。そうだよね」

ぼくたち使《つか》い魔《ま》は、ご主人様《しゅじんさま》たちのことをちゃんと見《み》てる。

だけどご主人様《しゅじんさま》に意見《いけん》を言《い》ったりすることは、使《つか》い魔《ま》だからできないんだ。

「ラヴとメアはいっしょに能力《のうりょく》も使《つか》えるし、一心同体《いっしんどうたい》みたいなものだよね。ぼくうらやましいよ」

ぼくは使《つか》い魔《ま》としてはまだまだ子《こ》どもで、正直《しょうじき》あんまりたよりにされてないんじゃないかって感《かん》じることがある。

ご主人様《しゅじんさま》の命令《めいれい》で、霧島《きりしま》三兄弟《きょうだい》が人間《にんげん》の学校《がっこう》で悪《わる》さをしないように見張《みは》ってるんだけれど、ぼくが見《み》ているのに、長男《ちょうなん》のコウは平気《へいき》で女子生徒《じょしせいと》の血《ち》を吸《す》っていたんだ！

それどころかぼくを檻《おり》に入《い》れたり、やりたい放題《ほうだい》だ！

次男《じなん》のレンはぼくを摘《つま》んでポイッとほうりなげたり、あつかいが雑《ざつ》なのが気《き》になっている。

チョコレートをくれるから嫌《きら》いじゃないけど、ぼくのことペットぐらいに思《おも》ってるんじゃないだろうか。

三男《さんなん》のセイだけは、ぼくが役《やく》にたっていないことを気《き》にしてるって気《き》づいてる。

だから美羽《みう》の様子《ようす》を見《み》るだけの役目《やくめ》でもちゃんと、

「たのんだぞ」

ってわざわざ言《い》ってくれるんだ。

コウやレンとちがって、セイはヴァンパイアの血《ち》が半分《はんぶん》しか流《なが》れていない。

昔《むかし》はそれが原因《げんいん》で、よくコウやレンにバカにされていた。

闘《たたか》う能力《のうりょく》が低《ひく》くて弱《よわ》いハンパものだって。

たくさんくやしい思《おも》いをしてきたセイだから、役《やく》にたっていないって気《き》にしてるぼくの気《き》持《も》ちをわかってくれるんだと思《おも》う。

だからセイはぼくの仲間《なかま》だ。

美羽《みう》はぼくが仕《つか》えてるわけじゃないし、ただの人間《にんげん》だけれど、ぼくが使《つか》い魔《ま》だって知《し》る前《まえ》からやさしくしてくれたし、たくさんなでてくれるから大好《だいす》き！

霧島《きりしま》三兄弟《きょうだい》やユノがそうしてるみたいに、ぼくも美羽《みう》を笑顔《えがお》にしたいって思《おも》ったんだ！

「で、あたしになにをたのみたいのかしら？」

そう言《い》っておだやかな瞳《ひとみ》で見《み》つめるラヴに、ぼくははりきって答《こた》えた。

「女《おんな》の子《こ》が喜《よろこ》ぶようなキラキラしたかわいいものがほしいんだ。ラヴはそういうの好《す》きでしょ？　プレゼントを探《さが》すのを手《て》伝《つだ》ってほしいんだ」

ラヴのご主人様《しゅじんさま》のメアはスラム街《がい》で暮《く》らしていて、近《ちか》くの山《やま》でキラキラした石《いし》を採取《さいしゅ》して売《う》ったりしていたんだって。

ずっといっしょにいるラヴなら、そういうものがどこで手《て》に入《はい》るかわかるはずだ。

ラヴはぼくのお願《ねが》いを聞《き》くと、しばらく考《かんが》えてるようだったけれど、やがてパッと目《め》をかがやかせて答《こた》えた。

「それなら使《つか》い魔《ま》の宝石《ほうせき》でアクセサリーを作《つく》ったらどう？　使《つか》い魔《ま》のアモルならではの、すばらしいプレゼントになると思《おも》うわ！」

「使《つか》い魔《ま》の宝石《ほうせき》？　そんなものあるの⁉」

ヴァンパイアの宝石《ほうせき》と呼《よ》ばれる石《いし》がたくさんあることは知《し》っているけれど、使《つか》い魔《ま》の宝《ほう》石《せき》なんて初耳《はつみみ》だ！

だけどラヴの言《い》うとおりなら、美羽《みう》にそれをおくるのはきっとぼくだけだ！

「それほしい！　どこにあるの？」

高鳴《たかな》る鼓動《こどう》をおさえながら、ぼくは聞《き》いた。

ぼくがとりにいけない高《たか》い崖《がけ》の上《うえ》だったりしたら、どうしよう。

Mea《メア》

いや、それでもいくんだ。

ぼくは決意《けつい》を胸《むね》にラヴを見《み》つめた。

「セレインという名前《なまえ》の使《つか》い魔《ま》を知《し》ってる？」

「え……、それってキラが飼《か》ってる不死鳥《ふしちょう》の？」

突然《とつぜん》、他《ほか》の使《つか》い魔《ま》の名前《なまえ》が出《で》てきて、ぼくは戸惑《とまど》った。

セレインはヴァンパイアの王族《おうぞく》に永《なが》い間《あいだ》飼《か》われている不死鳥《ふしちょう》で、今《いま》は王子《おうじ》であるキラがご主人様《しゅじんさま》だ。

大《おお》きな銀色《ぎんいろ》の鳥《とり》で、長《なが》い尾《お》の羽《はね》がまるで芸術品《げいじゅつひん》みたいに美《うつく》しい。

使《つか》い魔《ま》というくくりに入《い》れていいのかわからないくらい、高貴《こうき》な雰囲気《ふんいき》を持《も》ってるし、たぶんぼくよりずっと永《なが》いときを生《い》きている。

魔力《まりょく》だってぼくたちとはけたちがいに強《つよ》いはず。

セレインは魔界《まかい》と人間界《にんげんかい》をつなぐ能力《のうりょく》を持《も》っている。

魔界《まかい》と人間界《にんげんかい》をつなぐ鏡《かがみ》には、満月《まんげつ》の魔力《まりょく》をためておかないと使《つか》うことができない。

一度使《いちどつか》うと次《つぎ》の満月《まんげつ》の魔力《まりょく》をためるまで、使《つか》えなくなっちゃうんだ。

だけどセレインの泪《なみだ》を水面《すいめん》へ落《お》とすと、魔界《まかい》と人間界《にんげんかい》をつなぐ鏡《かがみ》の代《か》わりになる。セレインがいれば魔界《まかい》と人間界《にんげんかい》を自由《じゆう》に行《い》き来《き》できるから、とっても貴重《きちょう》な能力《のうりょく》を持《も》った使《つか》い魔《ま》なんだよ。

「セレインは魔界《まかい》と人間界《にんげんかい》をつなぐ扉《とびら》を開《あ》けるときに、泪《なみだ》をこぼすでしょう？　あれって実《じつ》は宝石《ほうせき》らしいわ！」

「ええっ」

ぼくはビックリした。

セレインの目《め》から銀色《ぎんいろ》の泪《なみだ》がこぼれおちることは、聞《き》いたことがあったけれど、それが宝石《ほうせき》だなんて知《し》らなかった！

「だ、だけど不死鳥《ふしちょう》の泪《なみだ》なんて、手《て》に入《はい》らない。無理《むり》だよ……」

「平気《へいき》よ。宝石《ほうせき》として大事《だいじ》にしてるなら、手《て》に入《い》れるのはむずかしいかもしれないけど、水《みず》にポチャンって落《お》としてるぐらいだもの。たのめばもらえるんじゃない？　銀色《ぎんいろ》の泪《なみだ》なんてロマンチックよねえ。きっときれいなんでしょうね！」

そう言《い》って瞳《ひとみ》をキラキラとかがやかせるラヴに、ぼくはドン引《び》きした。

(――王族《おうぞく》の使《つか》い魔《ま》である不死鳥《ふしちょう》の泪《なみだ》を手《て》に入《い》れようだなんて！)

ぼくはからだがふるえるのを感《かん》じた。

セレインの意志《いし》を宿《やど》した強《つよ》い瞳《ひとみ》を思《おも》いだす。

多《おお》くのヴァンパイアが、王族《おうぞく》をおそれおおいと感《かん》じるように、ぼくはセレインのことがこわい。

(たのんだからといって、泪《なみだ》をくれるなんて思《おも》えない！)

だけどきっと、あの美《うつく》しいセレインが流《なが》す泪《なみだ》の宝石《ほうせき》ならば、きれいなんだろうと思《おも》った。

2

不死鳥《ふしちょう》の止《と》まり木《ぎ》

「セレインって王城《おうじょう》にいるんでしょう？　お城《しろ》にしのびこむの？」

ぼくはおそるおそるラヴに聞《き》いた。

ヴァンパイアのお城《しろ》にしのびこむ使《つか》い魔《ま》だなんて、聞《き》いたことがない！

すぐに捕《つか》まるに決《き》まってるし、捕《つか》まったらただじゃすまない。

最悪《さいあく》、霧島家《きりしまけ》の使《つか》い魔《ま》をクビになっちゃうかもしれない！

「そんなことしないわよ！」

さすがにラヴも頭《あたま》を横《よこ》に振《ふ》った。

「セレインは王城《おうじょう》では鳥《とり》かごに入《はい》ってるらしいけれど、ふだんから自由《じゆう》に出《で》られるし、空《そら》を散歩《さんぽ》できるのよ。よくお昼寝《ひるね》してる止《と》まり木《ぎ》があるのをあたし知《し》ってるの。今日《きょう》は安息《あんそく》日《び》だし、絶対《ぜったい》そこにいると思《おも》うの。いってみましょう」

「えっ、ラヴがついてきてくれるの⁉」

ぼくの声《こえ》はパッと明《あか》るくなった。

てっきりひとりでいく大冒険《だいぼうけん》だと思《おも》っていたけれど、ラヴがついてきてくれるなら心強《こころづよ》い。

え？　甘《あま》ったれてる？

自分《じぶん》でもそうかなあって思《おも》うけれど、セレインはこわいから仕方《しかた》ないよね。

「ここから少《すこ》し距離《きょり》があるから、連《つ》れていってあげる」

そう言《い》うとラヴはジャンプして、その場《ば》でくるりと宙《ちゅう》がえりをした。

するとラヴのからだはみるみる巨大化《きょだいか》して、大《おお》きなうさぎに変《か》わった！

「わあ！」

（あいかわらずおっきい！）

「アモル、乗《の》って」

「うん」

ラヴの指示《しじ》にしたがって、ぼくはピョンとラヴの首元《くびもと》に飛《と》びのった。

ふかふかの黒《くろ》い毛皮《けがわ》に顔《かお》をうずめると、おひさまのにおいがした。

あたたかいラヴの体温《たいおん》になんだか安心《あんしん》する。

だけどラヴがこのすがたでジャンプすると、振《ふ》りおとされそうなくらい振動《しんどう》がくるから、しっかりつかまらないと！

ぼくは気《き》を引《ひ》きしめて、ギュッとラヴの毛皮《けがわ》をつかんだ。

「じゃあ、いくわよ……って、きゃあ！」

ラヴのからだが左《ひだり》にガクンとかたむいたのでそっちを見《み》ると、クマのぬいぐるみが、必《ひっ》死《し》でラヴのからだをよじ登《のぼ》ろうとしているのが見《み》えた。

「ソフィアじゃないか！」

ぼくが名前《なまえ》を呼《よ》ぶと、ラヴも、

「ええ!?　ソフィアなの？」

と後《うし》ろを振《ふ》りかえった。

ソフィアはクマのぬいぐるみに擬態《ぎたい》している、めずらしい使《つか》い魔《ま》だよ。

霧島《きりしま》三兄弟《きょうだい》のおさななじみである双子《ふたご》のひとりである、ノエルがいつも抱《だ》いて持《も》ちあるいてるんだ。

ノエルはこのぬいぐるみを、とても大事《だいじ》にしているんだよ。

無口《むくち》だからあまり話《はな》したことはないんだけれど、ソフィアもいっしょにいきたいのかな？

「ソフィアも、ノエルにお礼《れい》、する」

たどたどしい言葉《ことば》で、ソフィアが言《い》った。

「わあ、ソフィアがしゃべった！　めずらしい！」

「あたし初《はじ》めて聞《き》いたわ！」

ぼくとラヴが興奮《こうふん》して盛《も》りあがっている間《あいだ》に、ソフィアはラヴの背中《せなか》にたどりついた。

ギュッとつかまってる様子《ようす》がかわいい。

ぼくはそんなソフィアを見《み》ているうちに、自分《じぶん》がしっかりしなきゃっていう思《おも》いに駆《か》られてきた。

（もしかしたらぼくのほうが、お兄《にい》ちゃんかもしれないし！）

「ソフィア、ノエルの助《たす》け、なる」

ぬいぐるみだから表情《ひょうじょう》は変《か》わらないのに、そう言《い》うソフィアはどことなくキリッとして見《み》えた。

ノエルとアイルは双子《ふたご》だけれど、戦闘能力《せんとうのうりょく》はアイルのほうが圧倒的《あっとうてき》に高《たか》い。

ヴァンパイアの世界《せかい》では、家柄《いえがら》のよさと戦闘能力《せんとうのうりょく》の高《たか》さが優秀《ゆうしゅう》さの基準《きじゅん》だ。

だから、弱《よわ》いヴァンパイアだといじめられちゃうんだって。

ぼくは使《つか》い魔《ま》だからご主人様《しゅじんさま》に守《まも》られているけれど、ヴァンパイアだったら強《つよ》い相手《あいて》にいじめられちゃってたかもしれない。

そんなノエルを心配《しんぱい》したノエルのママが、ノエルを守《まも》るために持《も》たせたのが、ソフィアなんだ。

ママからのプレゼントだから、ノエルはソフィアをとても大切《たいせつ》にしてるんだ。

「アイル、ソフィアを置《お》いてく。ノエルはソフィアを抱《だ》っこして連《つ》れてく。ノエル、好《す》き」

「うんうん。かわいがってくれるご主人様《しゅじんさま》って、いいよねえ。美羽《みう》もぼくをリュックに入《い》れて、学園《がくえん》の林間学校《りんかんがっこう》に連《つ》れていってくれたんだよ」

ぼくとソフィアが話《はなし》に花《はな》を咲《さ》かせていると、フッとラヴが鼻息《はないき》で笑《わら》ったのがわかった。

「二人《ふたり》は気《き》が合《あ》うのね。それじゃ、いくわよ」

ラヴがグッと後《うし》ろあしに力《ちから》を入《い》れて地面《じめん》をけると、一気《いっき》にぼくたちは森《もり》を飛《と》びぬけた。

(すごい！　景色《けしき》が後《うし》ろに飛《と》んでく!!)

空《そら》を飛《と》ぶみたいに高《たか》くジャンプして、ぐんぐん景色《けしき》が後《うし》ろに流《なが》れる。

こんな風《ふう》に動《うご》けたら、きっと楽《たの》しいんだろうなあ。

ぼくは普通《ふつう》のミンクよりずっとはやく走《はし》れるし、かべを登《のぼ》ったりもできる。

けれど使《つか》い魔《ま》としてはやっぱりまだまだなんだなって思《おも》ってくやしかった。

もっと強《つよ》くなってご主人様《しゅじんさま》の役《やく》にたちたい。

美羽《みう》にもすごいねって言《い》ってもらいたい。

そんな思《おも》いを胸《むね》に、ぼくは振《ふ》りおとされないように、しっかりとラヴの毛皮《けがわ》をつかんだ。

セレインが昼寝《ひるね》をしているという止《と》まり木《ぎ》は、山《やま》の中腹《ちゅうふく》にあった。

途中《とちゅう》まではラヴがぼくらを乗《の》せて山《やま》を登《のぼ》ってくれたんだけど、止《と》まり木《ぎ》の手前《てまえ》で崖《がけ》にいきあたってしまった。

「あれが不死鳥《ふしちょう》の止《と》まり木《ぎ》と呼《よ》ばれている大木《たいぼく》よ。目《め》の前《まえ》なんだけど、ここからジャンプしてもセレインがいる場所《ばしょ》までは届《とど》かないわね」

ラヴが息《いき》をはずませて大木《たいぼく》を見《み》あげた。

大《おお》きな木《き》のてっぺん付近《ふきん》にわさわさと葉《は》っぱが生《は》えている。

あの葉《は》っぱの中《なか》に、セレインがかくれて昼寝《ひるね》をしてるんだろうか。

(ここからじゃ、よく見《み》えないな)

「ぼくが木《き》に登《のぼ》るよ。ラヴ、真上《まうえ》にジャンプできる？」

崖《がけ》を越《こ》えさえすれば、あとはぼくが木《き》を登《のぼ》れる。

こんな高《たか》い木《き》を登《のぼ》ったことないけれど、一気《いっき》に駆《か》けのぼる！

ぼくならできるはずだ。

「ソフィア、ぼくにつかまれる？」

ぼくの言葉《ことば》にソフィアがコクリとうなずいた。

ソフィアのほうがぼくよりもからだが大《おお》きいから、内心不安《ないしんふあん》だったけれど、ソフィアはぬいぐるみだから、思《おも》ったよりも軽《かる》かった。

これならソフィアも連《つ》れていけるかもしれない。

「しっぽでもどこでもいいから、落《お》ちないようにつかまってね」

「準備《じゅんび》できた？　いくわよー！」

ラヴの後《うし》ろあしに力《ちから》が入《はい》る。

ばねのようにあしがのびて、ぼくたちは高《たか》く真上《まうえ》に飛《と》びあがった。

ラヴの跳躍《ちょうやく》が頂点《ちょうてん》に達《たっ》したそのとき、ぼくらの目《め》の前《まえ》に大木《たいぼく》の幹《みき》が見《み》えた。

「いくよ！　ソフィア！」

僕《ぼく》は可能《かのう》なかぎり、大《おお》きくジャンプして、止《と》まり木《ぎ》に爪《つめ》を立《た》てた。

勢《いきお》いをころさないように、すぐに駆《か》けのぼる。

それから先《さき》は無我夢中《むがむちゅう》だった。

しっぽにつかまれてる感覚《かんかく》があるから、ソフィアは振《ふ》りおとしてない。

止《と》まって下《した》を見《み》る余裕《よゆう》なんてぼくにはなかった。

こわくなったら、あしが動《うご》かなくなっちゃうって思《おも》ったんだ。

遠《とお》くから見《み》ているよりもずっと大《おお》きな木《き》で、ぼくの存在《そんざい》はとてもちっぽけだった。
だけど負《ま》けたくない！
（ぼくは命令《めいれい》じゃなく、ぼくの意志《いし》で！　美羽《みう》のよろこぶことをしたいんだ！）
息《いき》があがってる。まだセレインのいる場所《ばしょ》は見《み》えない。
ぼくを信《しん》じてつかまっているソフィアのことも、裏切《うらぎ》りたくないと思《おも》った。

3 不死鳥《ふしちょう》の泪《なみだ》

いつの間《ま》にかまわりが木陰《こかげ》になっていることに気《き》がついた。

（着《つ》いた……の……かな？）

からだが熱《あつ》くなっていたせいで、木陰《こかげ》が気持《きも》ちよかった。

ぼくは汗《あせ》をかかないから、体温《たいおん》を調節《ちょうせつ》するときには涼《すず》しい場所《ばしょ》で休《やす》むんだ。

高《たか》い木《き》の上《うえ》は風《かぜ》がふいていて、枝《えだ》の上《うえ》は気持《きも》ちのよさそうな休憩場所《きゅうけいばしょ》だった。

（景色《けしき》もいいし、セレインのお気《き》に入《い》りの場所《ばしょ》だっていうのもわかるなあ）

こんな高《たか》いところまで一気《いっき》に飛《と》んでこられるセレインがうらやましかった。

キョロキョロとあたりを見回《みまわ》すと、たくさんの葉《は》がおいしげった枝《えだ》から、長《なが》い尾《お》っぽがたれているのが見《み》えた。

かがやく銀色《ぎんいろ》の羽《はね》。

こんなのセレインしかありえない。

「セレイン！」

ここまできて、ちゅうちょしてる場合《ばあい》じゃない。

ぼくが思《おも》いきって話《はな》しかけると、ぼくの声《こえ》に反応《はんのう》して尾《お》っぽがピクンとゆれた。

それだけでぼくの心臓《しんぞう》は、キュッと縮《ちぢ》こまってしまう。

（王族《おうぞく》の使《つか》い魔《ま》と話《はな》すなんて初《はじ》めてだ……！）

「……だれだ」

セレインは枝《えだ》にそって寝《ね》そべってたみたいで、枝《えだ》の先《さき》から細《ほそ》い首《くび》が持《も》ちあがった。

（近《ちか》くで見《み》るとキラキラしてとってもきれい。神様《かみさま》の鳥《とり》みたいだ……）

「ソフィア」

ぼくより先《さき》にソフィアが名乗《なの》って、ぼくのしっぽから木《き》の幹《みき》にピョンと飛《と》んでしがみついた。

（ソフィア、ぬいぐるみなのにがんばってる！　ぼくもがんばらないと）

「ぼ、ぼくはアモル！　霧島家《きりしまけ》の使《つか》い魔《ま》だ。今日《きょう》はセレインにお願《ねが》いがあってきた」

真剣《しんけん》に話《はな》してるのに、セレインはぼくたちをチラッと見《み》ると、クアッとくちばしを開《あ》けてあくびをした。

「願《ねが》いだと？」

「うん。セレインの泪《なみだ》がほしいんだ！　お願《ねが》い、ちょうだい？」

セレインのするどい瞳《ひとみ》がキョトンと丸《まる》くなった。

泪《なみだ》をお願《ねが》いされるとは思《おも》ってなかったみたいだ。

少《すこ》し引《ひ》いたような顔《かお》で、あきれたようにセレインは言《い》った。

「命令《めいれい》もないのに、泪《なみだ》なんぞ出《で》るか」

「えーっ。そういうもの⁉」

「そういうものだ」

尊大《そんだい》な態度《たいど》でそれだけ言《い》うと、セレインはふいと顔《かお》を背《そむ》けてしまった。

やっぱりえらそうだ。

だけど思《おも》ったよりこわくない。

変《へん》なお願《ねが》いにセレインがおこって、ぼくらがつつきまわされるという最悪《さいあく》の未来《みらい》は、おとずれなかった。

だけど困《こま》ったぞ。

セレインは自在《じざい》に泪《なみだ》を流《なが》すことができるんだと思《おも》ってたのに！

セレインはご主人様《しゅじんさま》の命令《めいれい》しか聞《き》かないらしい。

（べつに人間界《にんげんかい》への扉《とびら》を開《ひら》いてくれってたのんでるわけじゃないのに、ダメかあ）

お願《ねが》いをあっさり却下《きゃっか》されて、ぼくはあせった。

命令《めいれい》があれば解決《かいけつ》するけど、ご主人様《しゅじんさま》のキラに命令《めいれい》させるなんて、それこそできるわけない！

だってキラはセレインよりもずっとこわいんだ。

使《つか》い魔《ま》のぼくが関《かか》わっていい相手《あいて》じゃない。

（だとするとやっぱり、セレインに自然《しぜん》に泪《なみだ》を流《なが》してもらうしかない……？）

「ソフィア、ちょっときて」

ぼくは近《ちか》くにつかまっていたソフィアを呼《よ》んだ。

大木《たいぼく》につかまってるぼくたちは、まるで木《き》にとまってるセミのようだ。

ソフィアはよじよじと器用《きよう》に木《き》の幹《みき》に手《て》を引《ひ》っかけながら、ぼくのほうへと移動《いどう》してきた。

「ぼくが考《かんが》えた作戦《さくせん》を聞《き》いてね？　ソフィアには重大任務《じゅうだいにんむ》を負《お》ってもらう」

ぼくが真剣《しんけん》な声音《こわね》でささやくと、ソフィアがピクッと反応《はんのう》した。

うまくいくかわからないけれど、ここから先《さき》はぼくとソフィアの度胸《どきょう》と技量《ぎりょう》が試《ため》される！

失敗《しっぱい》は許《ゆる》されない。

ぼくは使命感《しめいかん》に燃《も》えていた。

目《め》くばせすると、ソフィアがまたよじよじと木《き》の幹《みき》を伝《つた》って横移動《よこいどう》する。

――セレインが寝《ね》そべっている枝《えだ》へと向《む》かって。

ソフィアはぼくの作戦《さくせん》を理解《りかい》してくれたようだ。

「セレイン、お願《ねが》いだよ！　ぼくたちに泪《なみだ》の宝石《ほうせき》をちょうだい！」

「……宝石《ほうせき》？　宝石《ほうせき》ならば他《ほか》にいくらでもあるだろう。なぜそんなものを？」

「だってセレインはぼくたち使《つか》い魔《ま》の仲間《なかま》でしょ？　ぼくは使《つか》い魔《ま》ならではのプレゼント

をしたいんだ！」

「……王族《おうぞく》に飼《か》われる不死鳥《ふしちょう》のわれが、おまえらの仲間《なかま》だと？」

フッとセレインは不敵《ふてき》に笑《わら》った。

たぶん、ものすごくバカにされた。

だけどぼくは必死《ひっし》で言《い》った。

「そうだよ。セレインはキラの使《つか》い魔《ま》。ぼくは霧島家当主《きりしまけとうしゅ》の使《つか》い魔《ま》。ソフィアはノエルの使《つか》い魔《ま》。みんないっしょじゃないか」

「ハハッ。たしかに。だがおまえらは主人《しゅじん》を選《えら》ぶだろう？　われは未来永劫《みらいえいごう》、王族《おうぞく》の使《つか》い魔《ま》だ」

「……うん」

ぼくは首《くび》をかしげた。

(バカにしてるのかと思《おも》ったけど、セレインはぼくらがうらやましいのかな？)

自由《じゆう》に空《そら》を飛《と》べるセレインは、実《じつ》はそんなに自由《じゆう》じゃないのかもしれない。

「セレインはキラに仕《つか》えるのがいやなの？」

「――キラ様《さま》だ。王族《おうぞく》を呼《よ》び捨《す》てにするな、阿呆《あほう》が」

(しまった！　セイたちがキラを呼《よ》び捨《す》てにするから、呼《よ》び方《かた》がうつっちゃった！)

セレインに始末《しまつ》される――！

そんな未来《みらい》がまた頭《あたま》をよぎったけれど、セレインはそれ以上《いじょう》ぼくをおこらなかった。

「キラ様《さま》に仕《つか》えるのはいやじゃない。永《なが》いときの中《なか》でおもしろい主人《しゅじん》に出会《であ》えるのは稀《まれ》な幸運《こううん》だからな」

どうやらセレインにとって、キラはおもしろい主人《しゅじん》らしい。

(あんなおそろしいご主人様《しゅじんさま》、ぼくだったら絶対《ぜったい》いやだけど！)

ぼくはブルッとからだをふるわせながら、ソフィアに目《め》くばせした。

ソフィアはなまけものみたいに枝《えだ》にぶらさがって、セレインにバレないように近《ちか》づいていた。

ぼくはチョイチョイと前《まえ》あしを動《うご》かして、ソフィアに合図《あいず》を送《おく》った。

ソフィアは片手《かたて》をのばして、セレインの羽《はね》のつけねをコチョコチョとくすぐりだした。

「ハ？　ハハハハハハッ！　おい、やめろ！　やめろって」

とたんにセレインは笑《わら》いだした。

くすぐってみてって言《い》ったのはぼくだったけれど、セレインがこんなにくすぐりに弱《よわ》いなんてビックリだ！

ぼくも枝《えだ》に飛《と》びのるとセレインのもとへと走《はし》って、前《まえ》あしで尾《お》っぽをくすぐってみた。

「ハハハハハ！　まて！　くすぐるな！」

セレインは尾《お》っぽも弱《よわ》かった！

最後《さいご》にはヒーヒー言《い》って、セレインは笑《わら》いすぎで泪《なみだ》をこぼした。

キラッと瞳《ひとみ》から光《ひか》る粒《つぶ》が落《お》ちるのを、ぼくは見《み》のがさなかった。

セレインのからだを駆《か》けのぼって、泪《なみだ》をキャッチする。

「ソフィア！　もうひとつだ。あとちょっとセレインをくすぐって！」

「は？　や、やめろ！　泪《なみだ》ならもう出《で》る！」

そう言《い》うとセレインはもう一粒《ひとつぶ》泪《なみだ》をこぼしてくれた。

ぼくはそれも大事《だいじ》に両手《りょうて》でキャッチする。

キラキラ光《ひか》る宝石《ほうせき》が二《ふた》つ、ぼくの小《ちい》さな手《て》の中《なか》におさまった！

「やったあ！　使《つか》い魔《ま》の宝石《ほうせき》だ‼　ありがとう、セレイン！」

（涙《なみだ》が出《で》るって言《い》ったのは、ぼくらに涙《なみだ》をくれるっていうのと同《おな》じ意味《いみ》だよね⁉）

ぼくはセレインにお礼《れい》を言《い》うと、枝《えだ》にぶらさがっているソフィアのおなかに抱《だ》きついた。

「ありがとっ」

ソフィアもお礼《れい》を言《い》うと、パッと木《き》の枝《えだ》から手《て》をはなした。

「わあーっ」

ぼくはソフィアに抱《だ》きかかえられながら、木《き》の下《した》へと落下《らっか》していった。

4 冒《ぼう》険《けん》は続《つづ》く

ソフィアがぼくを抱《だ》きしめて、クッション代《が》わりになってくれたから、ぼくは高《たか》いところから落《お》ちても痛《いた》くなかった。

「ソフィア、大丈夫《だいじょうぶ》!?」

あわててソフィアから飛《と》びおりて、確認《かくにん》する。

「大丈夫《だいじょうぶ》」

そう言《い》いながらも、ソフィアは木《こ》の葉《は》まみれで、若干《じゃっかん》ボロッちくなっていた。

「ソフィアごめん……。それから、ありがとう。ソフィアがいたからとれたよ。はい、ソフィアの宝石《ほうせき》」

ぼくは申《もう》し訳《わけ》なく思《おも》いながら、宝石《ほうせき》を一粒《ひとつぶ》ソフィアに渡《わた》した。

「わあー」

ぬいぐるみのソフィアに表情《ひょうじょう》はない。

けれどその黒《くろ》い瞳《ひとみ》はキラキラしているように見《み》えた。

ぼくたちはそれからラヴの背中《せなか》に乗《の》って、ヴァンパイアのスラム街《がい》へ連《つ》れてきてもらった。ここにきたのはメアに会《あ》うためだ。

メアもラヴの安息日《あんそくび》に合《あ》わせて、いっしょに魔界《まかい》へ帰《かえ》ってきているんだって。

ぼくにとってのメアは、カイトと美羽《みう》の仲《なか》に嫉妬《しっと》しておそってくる、おそろしいヴァンパイアでしかない。

ぼくとラヴは使《つか》い魔《ま》の安息日《あんそくび》だから仲良《なかよ》くしてるけど、メアと会《あ》うのは本当《ほんとう》は気《き》が進《すす》まなかった。

「スラム街《がい》の子《こ》どもたちもメアのことは本当《ほんとう》のお姉《ねえ》ちゃんのように慕《した》っていたし、いい子《こ》なのよ。カイト兄《にい》のことが絡《から》んでなければ、アモルの守《まも》ってる子《こ》とも、もっと仲良《なかよ》くなれたと思《おも》うわ」

「だけどメアは美羽《みう》のことをねらってるじゃないか。ぼくとても仲良《なかよ》くなれる気《き》がしないよ」

「仲良《なかよ》くしろなんて言《い》ってないわ。その宝石《ほうせき》をアクセサリーに加工《かこう》してもらうだけだから」

「……してもらえるかなあ。ぼく霧島家《きりしまけ》の使《つか》い魔《ま》だよ？」

ぼくが心配《しんぱい》してそう言《い》ってもラヴは、

「大丈夫《だいじょうぶ》、大丈夫《だいじょうぶ》」

って言《い》ってとりあってくれなかった。

ラヴはぼくたちを乗《の》せたままスラム街《がい》をつっきって、奥《おく》にある山《やま》へ向《む》かった。

スラム街《がい》のはずれ、山《やま》のふもとに古《ふる》びた小屋《こや》があった。

そこまでくるとラヴはぼくたちをおろして、小《ちい》さなうさぎのすがたになった。

「ここがメアがアクセサリーを作《つく》っている作業場《さぎょうば》よ。勝手《かって》に変身《へんしん》してると、おこられちゃうかもしれないから、小《ちい》さくなっておくわね。さあ、いきましょう」

「えっ、お、おこられるの……？」

メアがおこると口調《くちょう》が男《おとこ》の子《こ》みたいにあらくなって、とってもこわいんだ。

ぼくはまだおこられたわけじゃないのに、プルプルとあしがふるえてしまった。

「メア」

ラヴがカリカリと扉《とびら》を外《そと》から歯《は》でひっかくと、中《なか》からガタンと音《おと》がした。

扉《とびら》が開《ひら》くと、メアがすがたをあらわした。

「あれ、ラヴ。もう帰《かえ》ってきたの？　安息日《あんそくび》だから友《とも》だちと会《あ》うんじゃなかった？」

ツインテールに黒《くろ》いワンピースのドレスを着《き》た女《おんな》の子《こ》。

キュッと吊《つ》りあがった目《め》が憎《にく》しみでギラギラかがやくのを、ぼくは見《み》たことがある。

けれどラヴと話《はな》すメアは、普通《ふつう》の女《おんな》の子《こ》みたいにおだやかだった。

「友《とも》だちとはもう会《あ》ったの。ホラ、この子《こ》たち」

ラヴがいきなりぼくとソフィアを紹介《しょうかい》したから、ぼくはあわてて背《せ》すじをのばした。

ぼくたちの言語《げんご》は人間《にんげん》には理解《りかい》できなくても、ヴァンパイアには通《つう》じるんだ。

だからぼくはメアにきちんとあいさつをした。

「こ、こんにちは。アモルです」

メアはぼくに見覚《みおぼ》えがあったらしく、

「ああ」

とうなずいた。

(そのああ、ってどういう意味《いみ》!?)

ぼくは心臓《しんぞう》がバクバクしたけれど、メアがそれ以上追及《いじょうついきゅう》してくることはなかった。

「ソフィア」

ソフィアが自己紹介《じこしょうかい》をすると、メアの目《め》がキランとかがやいた。

「わあー! ノエルのクマのぬいぐるみだ! かわいいぃぃぃ!!」

「ぐぇ」

メアはクマのぬいぐるみが好《す》きだったらしく、いきなりソフィアを抱《だ》きあげてギュッと抱《だ》きしめた。

ソフィアがうめき声《ごえ》をあげてもおかまいなしで、いじくりまわしている。

ソフィアは人見知《ひとみし》りをしているのか、プルプルふるえていた。

「ラヴがここに他《ほか》の使《つか》い魔《ま》を連《つ》れてくるなんて初《はじ》めてじゃん。なんかあったの?」

メアがラヴを心配《しんぱい》しているのが、見《み》ていて伝《つた》わった。

二人《ふたり》はやっぱり特別《とくべつ》な信頼関係《しんらいかんけい》で結《むす》ばれてるんだ。

いいなと思《おも》った。

ラヴがぼくたちの代《か》わりにメアに用件《ようけん》を伝《つた》えてくれた。

「メアにお願《ねが》いがあってきたの。この子《こ》たちの持《も》ってる宝石《ほうせき》で、なにかアクセサリーを作《つく》れない？」

「宝石《ほうせき》？」

ぼくはだまって手《て》を開《ひら》いて、セレインの泪《なみだ》を見《み》せた。

キラキラ光《ひか》る銀色《ぎんいろ》の宝石《ほうせき》に、メアの瞳《ひとみ》がかがやく。

「わあ、きれいだね！　初《はじ》めて見《み》たし！」

「使《つか》い魔《ま》の宝石《ほうせき》だよ。ぼくとソフィアがとってきたんだ」

「へえ。すごいね。ちょっと借《か》りていい？」

メアがぼくの手《て》から宝石《ほうせき》をとって、光《ひかり》にかざす。

きんちょうしていたけれど、メアは普通《ふつう》にぼくに宝石《ほうせき》を返《かえ》してくれた。

（メアがこわいヴァンパイアじゃなくてよかった！）

「そうだねー。そんなに大《おお》きな石《いし》じゃないし、ブレスレットとかどう？」

「ブレスレット！　それがいい！」

美羽《みう》は危険《きけん》を察知《さっち》できる効果《こうか》のある宝石《ほうせき》を、ペンダントにして身《み》につけてる。

だからアクセサリーにするなら、ペンダント以外《いがい》のものがいいなあって思《おも》ってたんだ！

「チェーンにつけてあげる。ちょっと時間《じかん》かかるけどいい？」

「もちろん！　あ、でもぼくらは今日中《きょうじゅう》に帰《かえ》らないと」

ぼくは窓《まど》の外《そと》をチラリと見《み》た。

まだ夜《よる》にはなっていない。

「ああ、安息日《あんそくび》だもんね？　そんなにかからないから大丈夫《だいじょうぶ》。ところで、アンタたち対価《たいか》は払《はら》えるの？」

(──対価《たいか》！　……ってお金《かね》ーっ!?)

使《つか》い魔《ま》のぼくたちは当然《とうぜん》、お金《かね》なんて持《も》っていない。

ソフィアを見《み》ると、ソフィアもプルプルと首《くび》を横《よこ》に振《ふ》った。

「チョコレートならあるけど……」

ぼくがもじもじとフェルトのバッグを押《お》さえると、メアが冷《つめ》たい瞳《ひとみ》で見《み》おろしてきた。

「は？　チョコレートじゃ、釣《つ》りあわないでしょ」

（チョコおいしいのに……）

これが使《つか》い魔《ま》相手《あいて》ならみんな喜《よろこ》んでくれるのに、メアはシビアだった。

ダメか……、とぼくはがっくりうなだれた。

だけどメアはなんてことないように言《い》った。

「対価《たいか》を持《も》ってないなら労働《ろうどう》で払《はら》ってもらうよ。スラム街《がい》の子《こ》たちは、子《こ》どもでもみんなちゃんと対価《たいか》を払《はら》うんだから」

「労働《ろうどう》？」

「この山《やま》のてっぺんあたりに宝石《ほうせき》のもととなる紫色《むらさきいろ》の鉱石《こうせき》が採取《さいしゅ》できる場所《ばしょ》があるの。わたしが加工《かこう》している間《あいだ》に、できるだけたくさんその鉱石《こうせき》をとってきて。そうね、そのフェルトバッグがいっぱいになるくらいとれたら、ブレスレットにもつけてあげる。ラヴは手《て》伝《つだ》ったらダメだからね？　どう？　がんばれる？」

メアの瞳《ひとみ》が挑戦的《ちょうせんてき》にかがやく。

ぼくはブルッとふるえた。

「やれるよ！　がんばれる！　ね、ソフィア？」

「ソフィア、がんばる」

あのこわいセレインから涙《なみだ》の宝石《ほうせき》をとったぼくらだから、できないはずがない！

ぼくの心《こころ》はめらめらと燃《も》えていた。


そこからは大変《たいへん》だった。

メアが指定《してい》した山《やま》には魔物《まもの》がうじゃうじゃいて、ぼくらは逃《に》げかくれながら、鉱石《こうせき》をひろいあつめなければならなかったんだ！

何度《なんど》も地面《じめん》を転《ころ》がったり、穴《あな》や岩《いわ》のすきまにかくれてふるえたり。

ソフィアがぬいぐるみのフリをして地面《じめん》に寝《ね》ていて、頭《あたま》をかじられかけたときは、心臓《しんぞう》が止《と》まるかと思《おも》った。

セレインに挑《いど》んだときとはちがう大冒険《だいぼうけん》だ！

それでもぼくらはあきらめなかった。

そうしてぼくらは夜《よる》までかかって、メアが指定《してい》した紫色《むらさきいろ》の鉱石《こうせき》や、水晶《すいしょう》をたくさんバッグに詰《つ》めこんだ。

山《やま》を走《はし》りおりて、メアがいる小屋《こや》まで帰《かえ》るころにはもう、へとへとだった。

「ごくろうさま。あーっ、クマちゃん耳《みみ》がとれかけてるぅー！」

わかりやすくボロボロになってしまったソフィアを、メアがあわてて抱《だ》きあげる。

「よしよし。クマちゃんはわたしが直《なお》してあげるからね」

そう言《い》ってメアが裁縫《さいほう》セットを引《ひ》き出《だ》しからとりだす。

ソフィアのこと、直《なお》してくれるみたい。

ぼくはホッとした。

ソフィアが傷《きず》ついたまま帰《かえ》ったら、ノエルが悲《かな》しむだろうなあって思《おも》っていたから。

ぼく？　ぼくは小《ちい》さなすり傷《きず》はたくさんできたけれど、全然平気《ぜんぜんへいき》！

闘《たたか》えなかったり、すぐに捕《つか》まっちゃったりするダメな使《つか》い魔《ま》のぼくだけれど、身《み》をかくすことは得意《とくい》なんだ。

自分《じぶん》を守《まも》ること。

これがぼくのご主人様《しゅじんさま》の第一《だいいち》の命令《めいれい》だからね。

ちゃんとはたらいてきたぼくらに、メアはやさしかった。

ソフィアを直《なお》している間《あいだ》に、ぼくに魚《さかな》をごちそうしてくれたし、ラヴにはみどりのにおいがいっぱいの柔《やわ》らかい草《くさ》を食《た》べさせてくれた。

スラム街《がい》ではみんなが自分《じぶん》のできることではたらいて、みんなでごはんをわけあって食《た》べるんだって。

メアは仲間《なかま》にするのと同《おな》じようにぼくらにしてくれてる。

(美羽《みう》にも同《おな》じようにやさしくして、仲良《なかよ》くしてくれればいいのになあ)

メアは悪《わる》い子《こ》じゃない。

とってもいい子《こ》だ。

ぼくは魚《さかな》を味《あじ》わいながら、そう思《おも》った。

5 使《つか》い魔《ま》からのプレゼント

「アモル、おかえり。アモルがいなくてさみしかった」

そう言《い》って照《て》れたようにほほえんでくれる美羽《みう》に、ぼくの心《こころ》はときめいた。

やっぱり美羽《みう》が大好《だいす》きだ！

スリスリと足元《あしもと》にすり寄《よ》ると、頭《あたま》をなでてくれた。

「キュウ」

ぼくも美羽《みう》に会《あ》いたかった、そう伝《つた》えたいのにきみに聞《き》こえるのは鳴《な》き声《ごえ》だけ。

ぼくの言語《げんご》はヴァンパイアには通《つう》じるけれど、美羽《みう》には通《つう》じないんだ。

美羽《みう》はきっとぼくが完璧《かんぺき》に美羽《みう》の言語《げんご》を理解《りかい》してることも知《し》らない。

ちょっとさみしいけれど、でもそのほうがいいかなって思《おも》う。

だって美羽《みう》はぼくが言語《げんご》を理解《りかい》できないって思《おも》ってるから、本音《ほんね》をしゃべってくれるんだもんね。

それはぼくだけの特権《とっけん》だ。

美羽《みう》とセイが出会《であ》ったばかりのころ、セイはあからさまに人間《にんげん》の美羽《みう》を遠《とお》ざけていた。美羽《みう》のほうはセイに興味《きょうみ》しんしんで、仲良《なかよ》くなりたいっていう気持《きも》ちが、あふれてたけれど。

セイに嫌《きら》われてるんじゃないかって不安《ふあん》そうにつぶやく美羽《みう》を、ぼくはいい子《こ》だなって思《おも》ったんだ。

何度《なんど》冷《つめ》たくされても、めげずに理解《りかい》しようと努力《どりょく》するところとかさ。

コウやレンなんて美羽《みう》の血《ち》を吸《す》おうとしていたのに、それでも仲良《なかよ》くなろうと一生懸命《いっしょうけんめい》なところとかさ。

いじらしくて、応援《おうえん》せずにはいられないんだ。

そんな美羽《みう》の弱音《よわね》を聞《き》けるのは、もしかしたらぼくだけかもしれない。

美羽《みう》がイスに座《すわ》ったタイミングで、ぼくは美羽《みう》のひざへと飛《と》びのった。

「あれ、アモル。今日《きょう》は甘《あま》えんぼうだね。アモルもさみしかったのかな？」

（ぼくはたった一日《いちにち》離《はな》れただけで、さみしくて甘《あま》えるような子《こ》どもじゃないぞ）

そう思《おも》ったけれど、美羽《みう》のひざの上《うえ》は柔《やわ》らかくて居心地《いごこち》がいいからよしとしよう。

それにぼくがひざの上《うえ》に乗《の》ったのは、プレゼントを渡《わた》すためなんだ！

ぼくはバッグを口《くち》で開《あ》けると、中《なか》に入《はい》っていたブレスレットをとりだした。

「キュウッ」

美羽《みう》の手《て》のひらに置《お》いて、顔《かお》を見《み》あげて鳴《な》く。

はい、どうぞって意味《いみ》をこめて。

「わー、かわいいブレスレット！　え？　これ、くれるのかな？」

美羽《みう》がとまどっている。

美羽《みう》はえんりょぶかい性格《せいかく》なんだ。

たしかに宝石《ほうせき》がついたブレスレットを渡《わた》して、すんなりもらってくれる子《こ》じゃなかった！

ぼくの言葉《ことば》は通《つう》じないから、ぼくがとってきたプレゼントだって伝《つた》えることができない。

ぼくはあせって美羽《みう》の近《ちか》くにいたセイを見《み》あげて言《い》った。

「お願《ねが》い。ぼくの意思《いし》を美羽《みう》に伝《つた》えて？　これはぼくがとってきた使《つか》い魔《ま》の宝石《ほうせき》なんだ。使《つか》い魔《ま》ならではのプレゼントを美羽《みう》におくろうって思《おも》ったんだよ。日《ひ》ごろお世話《せわ》になってるお礼《れい》に」

「は？　アモルがとってきたのか？　ひとりで？」

セイはビックリしたようだった。

ぼくはラヴとソフィアと体験《たいけん》してきた大冒険《だいぼうけん》の話《はなし》をした。

セイの顔《かお》が見《み》る間《ま》に驚《おどろ》いた表情《ひょうじょう》になっていくのを見《み》て、ぼくはやりとげたことに、誇《ほこ》らしい気持《きも》ちになった。

今日《きょう》ぼくはきっと、大人《おとな》への階段《かいだん》を一歩《いっぽ》登《のぼ》ったにちがいない。

一人前《いちにんまえ》の使《つか》い魔《ま》へのおおいなる一歩《いっぽ》だ！

「日向《ひなた》へのプレゼントらしい。使《つか》い魔《ま》の宝石《ほうせき》だって」

セイが美羽《みう》に伝《つた》えてくれる。

「ええ!?　アモルいいの？　ありがとう！　すごくきれいだね」

美羽《みう》がパアッと笑顔《えがお》になった。

（美羽《みう》が喜《よろこ》んでくれた！　ぼくが美羽《みう》を笑顔《えがお》にしたんだ！）

それを見《み》てぼくの心《こころ》は、ものすごく満《み》たされた。

ああ、いってよかったなって思《おも》ったんだ。

「なになに？　使《つか》い魔《ま》の宝石《ほうせき》？　きゃあ、かわいい｜。これ手作《てづく》りかな？」

ユノも近《ちか》よってきて、ブレスレットをほめてくれた。

「セイ！　つけてあげて。美羽《みう》の手首《てくび》にはめてみて！」

ぼくが美羽《みう》のひざの上《うえ》でピョンピョンとびはねると、セイはえっ、ととまどったような表情《ひょうじょう》で言《い》った。

「え？　おれが？」

わかりやすくセイの顔《かお》が赤《あか》くなった。

（ぼくのプレゼントなんだから、セイが照《て》れる必要《ひつよう》ないのに！）

ぼくはプンスカした。

セイがとまどっているうちに、ぼくたちの会話《かいわ》を聞《き》いていたらしいコウがやってきた。

「おれがつけてあげるよ。子猫《こねこ》ちゃん」

コウは美羽《みう》の手《て》をとると、手首《てくび》にブレスレットをはめてくれた。

（ぼくのためじゃなくて、美羽《みう》にさわりたかっただけじゃないのか？）

そんな疑《うたが》いを持《も》ったけれど、まあいいや。

（思《おも》ったとおり、似《に》あってる！）

さすがメアはセンスがいい。

派手《はで》すぎないけれど、ぼくがとってきた小《ちい》さな水晶《すいしょう》も入《はい》ってるし、かわいらしいデザインだ。

美羽《みう》にピッタリ！

「使《つか》い魔《ま》の宝石《ほうせき》とはなんだ？　初《はじ》めて見《み》る宝石《ほうせき》だな」

ピアノを弾《ひ》いていたレンも、興味《きょうみ》をもったようで、弾《ひ》く手《て》を止《と》めて美羽《みう》に近《ちか》づいてきた。

ぼくは得意《とくい》げにレンに言《い》った。

「不死鳥《ふしちょう》のセレインの泪《なみだ》だよ！　ぼくがとりにいったんだ」

「キラの使《つか》い魔《ま》の泪《なみだ》を、アモルが？　それはすごいな」

（――あのプライドの高《たか》いレンが！　ぼくのことを認《みと》めてくれた!!）

ぼくはうれしくてたまらなかった。

「ぼくだけじゃないよ。ソフィアもいっしょだったんだ。だからノエルも今《いま》ごろ同《おな》じブレスレットをもらってるはずだよ！」

「……──なんだと？」

テンションがあがったぼくがソフィアのことも報告《ほうこく》すると、とたんにレンの声音《こわね》が冷《つめ》たくなった。

(あ、あれ？)

「つまり貴様《きさま》は主人《しゅじん》である僕《ぼく》らを差《さ》しおいて、ノエルとおそろいのブレスレットを美羽《みう》へおくったと、そう言《い》ってるのか？」

「え？　え？」

「はー？　ノエルとおそろいなの？　これ。聞《き》いてないんだけど。アモルふざけんなよ」

「や、だってそれは」

レンとコウに詰《つ》め寄《よ》られて、ぼくはあせった。

(こんなことでヤキモチをやくなんて、なんて心《こころ》のせまいやつらなんだ！)

たのみの綱《つな》のセイを見《み》ると、セイまでもがぶすっとして、おもしろくなさそうな顔《かお》をしていた。

(──セイの援護《えんご》も期待《きたい》できない！　やばい！)

「こんなブレスレットはずさせようぜ」

「ふざけるな！」

コウがかんたんに言《い》うから、ぼくはキーッと強《つよ》く鳴《な》いて威嚇《いかく》した。

レンは冷静《れいせい》に、

「いや、これが本当《ほんとう》にセレインの涙《なみだ》ならば、魔界《まかい》と人間界《にんげんかい》をつなぐことができるはずだ。美羽《みう》が身《み》につけておけば、助《たす》けになるかもしれない」

と言《い》いながらも、ぼくをにらんでる。

(氷《こおり》づけにされたら、たまらない！)

おこったときのレンは容赦《ようしゃ》がない。

ぼくは知《し》っている。

「わー、ぼくは悪《わる》くない！　ぼくは大好《だいす》きな美羽《みう》に、プレゼントをおくっただけなんだっ！」

ぼくはピョンと美羽《みう》のひざからとびおりて、一目散《いちもくさん》に逃《に》げだした。

ソファの下《した》に逃《に》げこむと、心配《しんぱい》した美羽《みう》が近《ちか》よってきて、しゃがんでのぞいてくれる。

「アモル？　ありがとうね。ノエルくんとおそろいなんてうれしいな。アモルもソフィアもたくさんがんばってくれたんだね。わたしのお礼《れい》の言葉《ことば》、アモルにちゃんと伝《つた》わってるかな？」

美羽《みう》が少《すこ》し自信《じしん》なさそうに言《い》うから、ぼくはソファの下《した》から顔《かお》だけ出《だ》して、のぞきこんでる美羽《みう》の鼻《はな》の先《さき》にチュッとキスをした。

（――ぼくの大好《だいす》きって気持《きも》ちが、美羽《みう》に伝《つた》わりますように）

そのあとまた霧島《きりしま》三兄弟《きょうだい》に追《お》いかけまわされたけど、ぼくは満足《まんぞく》だ。

「霧島《きりしま》くん」シリーズ
初《しょ》期《き》キャラデザ大《だい》公《こう》開《かい》!!

Vol.4 コウ編《へん》

選ばれたのはどのコウ？
（答《こた》えはこのページの下《した》にあるよ）

1

2

3

正解《せいかい》は1でした！

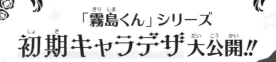

「霧島《きりしま》くん」シリーズ

初期《しょき》キャラデザ大公開《だいこうかい》!!

Vol.5
ユノ編《へん》

選《えら》ばれたのはどのユノ？
（答《こた》えはこのページの下《した》にあるよ）

正解《せいかい》は2でした！

「霧島《きりしま》くん」シリーズ
初《しょ》期《き》キャラデザ大《だい》公《こう》開《かい》!!

Vol.6
双《ふた》子《ご》編《へん》

どっちがノエルで、どっちがアイルかわかるかな？（答《こた》えはこのページの下《した》にあるよ）

正解《せいかい》は1がアイルで、2がノエルだよ！

「第《だい》何《なん》弾《だん》か、わかるかな？」クイズ

答《こた》え…
第《だい》2弾《だん》
ヴァンパイアの華麗《かれい》なパーティーシーン！　美《うつく》しい!!

答《こた》え…
第《だい》6弾《だん》……ヴァンパイア三兄弟《さんきょうだい》と
楽《たの》しい夏祭《なつまつ》りへ!

答《こた》え…
第《だい》10弾《だん》
ヴァンパイアたちを人間《にんげん》の世界《せかい》のクリスマスへご招待《しょうたい》したよ♡

カバーラフ
特別《とくべつ》初公開《はつこうかい》★
ラフ画《が》も線《せん》が
美《うつく》しい♡
初公開《はつこうかい》だよ！
第《だい》9弾《だん》 カバーラフ サブイラスト

第《だい》8弾《だん》 カバーラフ 表情違《ひょうじょうちが》い

第《だい》6弾《だん》 カバーラフ サブイラスト

第《だい》5弾《だん》 カバーラフ サブイラスト

第《だい》4弾《だん》　カバーラフ　目線《めせん》違《ちが》い、背景《はいけい》違《ちが》い

第《だい》11弾《だん》カバーラフ サブイラスト

あとがき

こんにちは、麻井深雪《あさいみゆき》です。

『霧島《きりしま》くんは普通《ふつう》じゃない』第《だい》11弾《だん》を手《て》に取《と》ってくれてありがとう！

今回《こんかい》はあとがきスペースを多《おお》めにもらったので、これまでの巻《かん》の思《おも》い出《で》を少《すこ》しだけ語《かた》ろうと思《おも》います。

私《わたし》が強《つよ》く印象《いんしょう》に残《のこ》っているのは、第《だい》7弾《だん》で守《まも》られているばかりだった美羽《みう》が、初《はじ》めてセイを助《たす》けることができたシーンかなって思《おも》います。

第《だい》7弾《だん》のポエムにもあるとおり、美羽《みう》はヴァンパイアのみんなが感《かん》じている人間《にんげん》との壁《かべ》を壊《こわ》すことができなくても、それを乗《の》りこえて手《て》を伸《の》ばそうとする強《つよ》さを持《も》った女《おんな》の子《こ》であってほしい。

そういう思《おも》いをこめて書《か》きました。

第《だい》8弾《だん》でセイがユノに、「ユノがここにいても誰《だれ》のためにもならないなんて言《い》うな」って、励《はげ》ますシーンも印象《いんしょう》に残《のこ》っています。

ヴァンパイアの子《こ》たちはみんな見《み》た目《め》は美《うつく》しく、身体能力《しんたいのうりょく》も人間《にんげん》よりも優《すぐ》れていますが、それぞれにちがった生《お》い立《た》ちや立場《たちば》で、責任《せきにん》やつらさを心《こころ》に抱《かか》えて生《い》きています。

キャラクターの心《こころ》が救《すく》われたとき、読《よ》んでいる子《こ》たちの心《こころ》にも寄《よ》りそえたら、救《すく》いを感《かん》じてもらえたら、そんな思《おも》いをこめて物語《ものがたり》を書《か》いています。

第《だい》９弾《だん》でコウが美羽《みう》の血《ち》を飲《の》まないって決断《けつだん》したシーンも好《す》きです。

コウの成長《せいちょう》がかいま見《み》れてうれしいです。

ただ同《おな》じ巻《かん》の中《なか》で、「美羽《みう》が【特別《とくべつ》な血《ち》】なら、その血《ち》を利用《りよう》してヴァンパイアの王《おう》になる」とも言《い》っちゃってるのが、コウらしいところでもあります。

と、振《ふ》りかえりが直近《ちょっきん》の巻《かん》ばかりになってしまいましたが、もちろん第《だい》１弾《だん》が一番《いちばん》思《おも》い出深《でぶか》いですよ！

コウやレンのヴァンパイアとしての冷酷《れいこく》さが一番《いちばん》よく書《か》けているからです。

最近《さいきん》のコウやレンとの態度《たいど》のちがいを見《み》ると、美羽《みう》が二人《ふたり》を変《か》えたんだなーと感慨深《かんがいぶか》いです。

わたしは冷酷《れいこく》なヴァンパイアの彼《かれ》らを書《か》くのも好《す》きですけれど。

シリーズも10巻《かん》を超《こ》え、那流先生《なるせんせい》が描《か》いてくださった挿絵《さしえ》の点数《てんすう》はなんと百《ひゃく》五十以上《いじょう》になりました！

那流先生《なるせんせい》が描《か》くイラストは時《とき》にかわいくコミカルに、時《とき》にシリアスに心《こころ》を揺《ゆ》さぶり、物語《ものがたり》を彩《いろど》ってくれています。

ホームページの感想欄《かんそうらん》やお手紙《てがみ》で、各《かく》キャラがここまで愛《あい》されているのは、間違《まちが》いなく那流《なる》先生《せんせい》のおかげだと感謝《かんしゃ》しております。キャラクターたちに息《いき》を吹《ふ》きこんで、わたしの想像《そうぞう》よりもさらに魅力的《みりょくてき》に生《う》みだしてくれました。

そしてみんなも知《し》っているとおり、毎回《まいかい》の表紙《ひょうし》カラー絵《え》のすばらしさ！　登場人物《とうじょうじんぶつ》だけじゃなくて、背景《はいけい》や色使《いろづか》いも毎回《まいかい》ちがって、それでいていつも最高《さいこう》に素敵《すてき》ですよね。わたしは表紙《ひょうし》イラストを編集《へんしゅう》さんから見《み》せてもらうたびに、めちゃくちゃテンションがあがってます！

ここまで「霧島《きりしま》くん」シリーズを支《ささ》えてくださり、本当《ほんとう》にありがとうございます。

そしてホームページで感想《かんそう》コメントを書《か》き込《こ》んでくれる方《かた》、私《わたし》のことを天才《てんさい》だとほめてくれる方《かた》、いつもパワーもらってます。うまく書《か》けないなと思《おも》ったとき、みんなのコメントを思《おも》いだして、私《わたし》は天才《てんさい》、私《わたし》は天才《てんさい》……と心《こころ》の中《なか》でつぶやくようにしています。

お手紙《てがみ》で個人的《こじんてき》に感想《かんそう》をくれる方《かた》、返事《へんじ》が遅《おそ》くなっていてごめんなさい。いただいた手紙《てがみ》はすべて宝物《たからもの》のように読《よ》んでいて、とってもパワーもらってます。編集《へんしゅう》さんがいいタイミングでまとめて渡《わた》してくださるので、原稿《げんこう》を書《か》きながら読《よ》んでます。お手紙《てがみ》にやる気《き》スイッチを押《お》していただいてます。

そしてこの物語《ものがたり》を作《つく》るのに欠《か》かせない存在《そんざい》であるみらい文庫《ぶんこ》の編集《へんしゅう》さんたち。

私《わたし》ひとりでは本《ほん》を作《つく》ることはできません。

編集《へんしゅう》さんたちはみんな一丸《いちがん》となって、どうやったらもっとおもしろくなるのかを常《つね》に考《かんが》えてくれています。

私《わたし》をはげまし、アイデアをプラスしたり、グッズを作《つく》ってくださったり、かわいいデザインを作《つく》ってくださったりと、物語《ものがたり》を盛《も》りあげるお手伝《てつだ》いをしてくれて、本当《ほんとう》にありがとうございます。

イラストレーターさん、編集者《へんしゅうしゃ》さん、書店《しょてん》さん、そして読者《どくしゃ》のみなさん。誰《だれ》が欠《か》けても「霧島《きりしま》くん」シリーズを作《つく》りあげることはできません。

みんなが物語《ものがたり》のひとかけらです。

だからどうか、続《つづ》きも応援《おうえん》して力《ちから》になってくだされるとうれしいです。

それではまた、次《つぎ》の巻《かん》でも会《あ》えることを楽《たの》しみにしているね。

※麻井深雪先生《あさいみゆきせんせい》へのお手紙《てがみ》はこちらにおくってください。

〒101－8050　東京都千代田区一ツ橋《とうきょうとちよだくひとつばし》2－5－10　集英社《しゅうえいしゃ》みらい文庫編集部《ぶんこへんしゅうぶ》　麻井深雪先生係《あさいみゆきせんせいがかり》

Thank you《サンキュー》!!
LOVE you《ラブユー》♡

集英社みらい文庫

霧島《きりしま》くんは普通《ふつう》じゃない

～美羽《みう》とセイが入《い》れかわる？ ヴァンパイアの赤《あか》いグミ ほか～

麻井深雪《あさいみゆき》 作
那流《なる》 絵

ファンレターのあて先
〒101-8050 東京都千代田区一ツ橋 2-5-10 集英社みらい文庫編集部
いただいたお便りは編集部から先生におわたしいたします。

2024年12月18日 第1刷発行

発行者 今井孝昭
発行所 株式会社 集英社
〒101-8050 東京都千代田区一ツ橋 2-5-10
電話 編集部 03-3230-6246
読者係 03-3230-6080
販売部 03-3230-6393（書店専用）
https://miraibunko.jp
装丁 +++ 野田由美子 中島由佳理
印刷 大日本印刷株式会社 TOPPAN株式会社
製本 大日本印刷株式会社

ISBN978-4-08-321885-9 C8293 N.D.C.913 188P 18cm

ドッキドキの
普《ふ》通《つう》じゃない毎《まい》日《にち》が
始《はじ》まったんだ!
麻《あさ》井《い》深《み》雪《ゆき》✣作《さく》
那《な》流《る》✣絵《え》
新《しん》感《かん》覚《かく》❤
ヴァンパイア・
ラブストーリー
霧《きり》島《しま》くんは
普《ふ》通《つう》じゃない
シリーズ

「みらい文庫《ぶんこ》」読者《どくしゃ》のみなさんへ

言葉《ことば》を学《まな》ぶ、感性《かんせい》を磨《みが》く、創造力《そうぞうりょく》を育《はぐく》む……、読書《どくしょ》は「人間力《にんげんりょく》」を高《たか》めるために欠《か》かせません。

たった一枚《いちまい》のページをめくる向《む》こう側《がわ》に、未知《みち》の世界《せかい》、ドキドキのみらいが無限《むげん》に広《ひろ》がっている。

これこそが「本《ほん》」だけが持《も》っているパワーです。

学校《がっこう》の朝《あさ》の読書《どくしょ》に、休《やす》み時間《じかん》に、放課後《ほうかご》に……。いつでも、どこでも、すぐに続《つづ》きを読《よ》みたくなるような、魅力《みりょく》に溢《あふ》れる本《ほん》をたくさん揃《そろ》えていきたい。読書《どくしょ》がくれる、心《こころ》がきらきらしたり胸《むね》がきゅんとする瞬間《しゅんかん》を体験《たいけん》してほしい、楽《たの》しんでほしい。みらいの日本《にほん》、そして世界《せかい》を担《にな》うみなさんが、やがて大人《おとな》になった時《とき》、「読書《どくしょ》の魅力《みりょく》を初《はじ》めて知《し》った本《ほん》」「自分《じぶん》のおこづかいで初《はじ》めて買《か》った一冊《いっさつ》」と思《おも》い出《だ》してくれるような作品《さくひん》を一所懸命《いっしょけんめい》、大切《たいせつ》に創《つく》っていきたい。

そんないっぱいの想《おも》いを込《こ》めながら、作家《さっか》の先生方《せんせいがた》と一緒《いっしょ》に、私《わたし》たちは素敵《すてき》な本作《ほんづく》りを続《つづ》けていきます。「みらい文庫《ぶんこ》」は、無限《むげん》の宇宙《うちゅう》に浮《う》かぶ星《ほし》のように、夢《ゆめ》をたたえ輝《かがや》きながら、次々《つぎつぎ》と新《あたら》しく生《う》まれ続《つづ》けます。

本《ほん》を持《も》つ、その手《て》の中《なか》に、ドキドキするみらい――。

本《ほん》の宇宙《うちゅう》から、自分《じぶん》だけの健《すこ》やかな空想力《くうそうりょく》を育《そだ》て、〝みらいの星《ほし》〟をたくさん見《み》つけてください。

そして、大切《たいせつ》なこと、大切《たいせつ》な人《ひと》をきちんと守《まも》る、強《つよ》くて、やさしい大人《おとな》になってくれることを心《こころ》から願《ねが》っています。

2011年《ねん》　春《はる》

集英社《しゅうえいしゃ》みらい文庫編集部《ぶんこへんしゅうぶ》